KB242249

現代文學賞 수상시집

2008 제53회

안규철, 「두 개의 빈 의자」, 드로잉

| 현대문학상 기념조각 |

안규철

책은 양면적인 요소들이 중첩되어 있는 물건이다.
책에는 왼쪽과 오른쪽 페이지가 있고, 보이는 앞면과 보이지 않는 뒷면이 있다.
안과 밖이 있고, 시작과 끝이 있다. 흰 종이와 검은 잉크가 있고,
드러난 것과 숨겨진 것이 있으며, 저자와 독자가 있다.
서로 상반되면서 동시에 상호의존적인 이런 요소들은 책이 닫혀져 있을 때는 드러나지 않는다.
책은 상자와 같아서, 책장이 펼쳐지기 전에 그것은 무뚝뚝한 한 덩이 종이뭉치에 불과하다.
책을 열면 이렇게 하나였던 것이 둘이 된다. 왼쪽과 오른쪽이, 안과 밖이, 저자와 독자가 거기서 생겨난다.
그리고 그 둘 사이에서, 낯선 한 세계의 지평선이 떠오른다.
마술사의 손바닥에서 피어나는 꽃처럼, 작은 책갈피 속에서 세계 하나가 온전한 윤곽을 드러낸다.
문학작품 앞에서 늘 그것이 경이롭다.

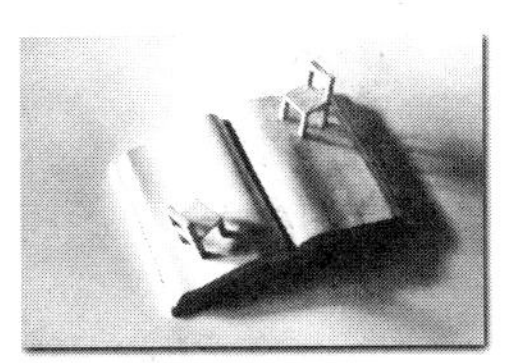

제53회 現代文學賞 수상시집

이성복

기파랑을 기리는 노래

─나무인간 강판권 외

현대문학

역대 수상시인 근작시

심사평

예심

본심

수상소감

수상작

기파랑을 기리는 노래―나무인간 강판권 외

이 성 복

이성복

기파랑을 기리는 노래
―나무인간 강판권 외

1952년 경북 상주 출생. 1977년《문학과지성》으로 등단.
시집『뒹구는 돌은 언제 잠깨는가』『남해 금산』『그 여름의 끝』
『호랑가시나무의 기억』『아, 입이 없는 것들』『달의 이마에는 물결무늬 자국』 등.
〈김수영문학상〉〈소월시문학상〉〈대산문학상〉 수상.

기파랑을 기리는 노래

—나무인간 강판권

언젠가 그가 말했다, 어렵고 막막하던 시절
나무를 바라보는 것은 큰 위안이었다고
(그것은 비정규직의 늦은 밤 무거운
가방으로 걸어 나오던 길 끝의 느티나무였을까)

그는 한번도 우리 사이에 자신이
있다는 것을 내색하지 않았다
우연히 그를 보기 전엔 그가 있는 줄을 몰랐다
(어두운 실내에서 문득 커튼을 걷으면
거기, 한 그루 나무가 있듯이)

그는 누구에게도, 그 자신에게조차
짐이 되지 않았다
(나무가 저를 구박하거나
제 곁의 다른 나무를 경멸하지 않듯이)

도저히, 부탁하기 어려운 일을
부탁하러 갔을 때
그의 잎새는 또 잔잔히 떨리며 웃음 지었다

—아니 그건 제가 할 일이지요

어쩌면 그는 나무 얘기를 들려주러
우리에게 온 나무인지도 모른다
아니면, 나무 얘기를 들으러 갔다가 나무가 된 사람
(그것은 우리의 섣부른 짐작일 테지만
나무들 사이에는 공공연한 비밀)

極地에서

무언가 안 될 때가 있다

끝없는, 끝도 없는 얼어붙은 호수를
절룩거리며 가는 흰, 흰 북극곰 새끼

그저, 녀석이 뜯어먹는 한두 잎
푸른 잎새가 보고 싶을 때가 있다

소리라도 질러서, 목쉰 소리라도 질러
나를, 나만이라도 깨우고 싶을 때가 있다

얼어붙은 호수의 빙판을 내리찍을
거뭇거뭇한 돌덩어리 하나 없고,

그저, 저 웅크린 흰 북극곰 새끼라도 쫓을
마른 나무 작대기 하나 없고,

얼어붙은 발가락 마디마디가 툭, 툭 부러지는
가도 가도 끝없는 빙판 위로

아까 지나쳤던 흰, 흰 북극곰 새끼가
또다시 저만치 웅크리고 있는 것을 볼 때가 있다

내 몸은, 발걸음은 점점 더 눈에 묻혀가고
무언가 안 되고 있다

무언가, 무언가 안 되고 있다

절개지에서

굴착기와 트랙터는 멎어 있고
발파음도 들리지 않는 채석장이었는데,

깎아지른 절벽 위 검은 염소들이
거기 있을지도 모를
마른풀을 뜯는 시늉만 하고 있었는데,

날은 자꾸 어두워지고 발 헛디딘
염소 새끼들이 비칠거리는 그 아래,

통짜로 깎아낸 절벽으로 흘러내린
비둘기 똥 같은 돌무늬가, 웃자란
망초 대궁 사이로 어른거리고 있었는데,

아, 검은 염소들은 날이 어두워지기
전에 어서 내려와야 할 텐데,

염소들 풀어놓고 인부들이 떠난
채석장 짜개진 공허가, 거대한

바위산을 거꾸로 세워놓은 듯해서,

나는 자꾸 성마른 가슴을 거기다
비벼대고 있었으니, 이 빠진 주발에
다대기 재듯 비벼넣고만 있었으니……

협수로에서

우리 와 본 예전의 바닷가에서
아내가 아프다고 한다
협수로에 물살이 새어들어
깎여, 쏠려 들어가는 것이 자꾸 멀어진다

저만치, 떠도는 아내의 손이
떠다니는 마분지 조각을 잡는다
헤엄을 못 배운 아내가
헤엄을 못 배운 나에게 자꾸 손을 달라 한다

한참을 열이 나고
식은땀 흐르던 아내가 잠이 들면,
마른 홍합과 건해삼 같은 것이
아직도 방파제 아래 광주리에서 마르는 냄새,

잠든 아내의 손가락 마디마디
바다 안개가 배어 있다
뱃고동 소리도 없이,
손가락 마디마디 하염없이 울고 있다

수영장 화장실에서

아저씨, 쉬 하는 데가 어디예요?
변기를 코앞에 두고, 그런 가느다란 소리가 들려
물어보았다

너 몇 살인데?
손가락 다섯 개를 먼저 펴 보이고
아이가 말했다
다섯 살……

(정말, 큰 바퀴벌레 뒤에 엄청, 아주 엄청 작은 바퀴벌레가
기어가는 것을 본 적이 있는가,
본래 새끼들은 그렇게 아주 아주 작아서
다 자란 큰 것들을 부끄럽게 한다)

아저씨, 쉬 하는 데가 어디예요?
변기를 코앞에 두고
바퀴벌레보다 더 작은 인간의 새끼가
눈, 똥그랗게 뜨고 또 물었다

갑자기, 노란 작은 오이꽃 속에 묻어 있는
진딧물처럼 내가 부끄러워졌다

아, 정말 얼마나 무서웠을까

냇물 가장자리 빈 터에 새끼오리 너댓 마리 엄마 따라 나와 놀
고 있었는데, 덤불숲 뒤에서 까치라는 놈 새끼들 낚아채려 달
려드니, 어미는 날개 펼쳐 품속으로 거두었다 멋쩍은 듯 까치
가 물러나고, 엄마 품 빠져나온 새끼들은 주억거리며 또 장난
질이었다 그것도 잠시, 초록 줄무늬 독사가 가는 혀 날름대며
나타나니, 절름발이 시늉하며 어미는 둔덕 아래로 뒷걸음질쳤
다 그 속내 알 리 없는 새끼들 멍하니 바라만 보고, 그때 덤불
숲 까치가 다짜고짜 새끼 모가지를 비틀어 물고 갔다 그리고는
차례차례 그 가냘픈 모가지를 비틀어 물고 갈 때마다, 남은 새
끼들은 정말 푸들, 푸들, 떨고 있었다 아, 얼마나 무서웠을까?
돌아온 어미가 새끼들 부를 때, 덤불숲 까치는 제 새끼 입 속에
피 묻은 살점을 뜯어 넣어주고 있었다 아, 저 엄마는 어떻게 살
까?

뷔히너 문학전집

한 번은 뷔히너가 그렇게 읽고 싶었다 그토록 좋아했던 『렌츠』의 한 문장, "그는 머리로 걸었다" 뭐 그런 뜻의 문장, 오래전에 나는 머리로 걷는 일을 포기했으니까, 그때부터 나는 정말 텅 빈 머리로 걷게 되었으니까 그러던 어느 날 『뷔히너 문학전집』이 번역되었다는 걸 알고, 학교 서점에 주문했더니 절판이었고, 도서관에 마침 책이 있어 얼마나 기뻤던지…… 구내 복사실에서 복사를 뜨고 원본은 학생들 오면 책 만들어주라고 놓고 왔다 그리고 며칠 뒤 책꽂이를 닦는데, 아 거기 빨간 껍데기의 『뷔히너 문학전집』이 꽂혀 있었다 급히 빼어 보니 분명 내가 읽고 밑줄 친 흔적까지 있었으니, 십수 년 전 사두고 아껴 읽다가 까맣게 잊어버린 것이다 그러던 참에 복사실에서 전화가 와, 저번에 맡긴 책이 다른 책에 휩쓸려 분실되고 말았으니 어쩌면 좋겠냐고…… 내게 마침 원본이 있으니 그걸로 반납하면 된다고 안심시켜드렸다 그러니까, 텅 빈 머리로 걷다가 본래 가지고 있던 원본을 잃어버린 것이다

수상시인 자선작

정선

내 혼은 사북에서 졸고
몸은 황지에서 놀고 있으니
동면 서면 흩어진 들까마귀들아
숨겨둔 외발 가마에 내 혼 태워 오너라

내 혼은 사북에서 잠자고
몸은 황지에서 물장구 치고 있으니
아우라지 강물의 피리 새끼들아
깻묵같이 흩어진 내 몸 건져 오너라

來如哀反多羅 1

이 순간은 남의 순간이었던가
봄바람은 낡은 베니어판
덜 빠진 못에 걸려 있기도 하고
깊은 숨 들여마시고 불어도
고운 먼지는 날아가지 않는다
깨우지 마라, 고운 잠, 고운 잠
눈 감으면 벌건 살코기와
오돌토돌한 간천엽을 먹고 싶은 날들
깨우지 마라, 고운 잠, 나는 아무래도
남의 순간을 사는 것만 같다

來如哀反多羅 2

초록을 향해 걸어간다
내 어머니 초록,
초록 어머니
가다가 심심하면
돼지 오줌보를 공중으로 차올린다
(하늘의 가장 간지러운 곳을
향해 축포 쏘기)
그리고 또 가시나무에
주저앉아 생각한다,
사랑이 눈이었으면
애초에 감아버렸거나
뽑아버렸을 것을!

삶이여, 삶이여
네가 기어코 원수라면
인사라도 해라,
나는 결코 너에게
해코지하지 않으리라

눈에 대한 각서

자벌레가 파먹은 어떤 눈은 옹이 같다 눈물은 빗물처럼 밖에서 흘러든다 기어코 울려면 못 울 것도 없지만 고성능 양수기가 필요하리라 혹은 닭집 광고 전단으로 꼬깃꼬깃 접힌 눈 닭집 전화번호와 가격표를 때 묻은 망막에 도배한 눈 아무것도 먹어보지 못했지만 마냥 토하고 싶은 눈 처음에는 봄밤의 사과꽃 속으로 지는 달처럼 물결무늬를 가졌으리라 지금은 검고 딱딱한 딱지 앉은 배꼽 같은 눈! 그리운 탯줄 대신 빨간 고무호스를 달아줄까

시에 대한 각서

당신은 명절 다음 날의 적요한 햇빛, 부서진 연탄재와 삭은 탱자나무 가시, 당신은 녹슬어 헛도는 나사못, 거미줄에 남은 줄무늬 나방의 날개, 아파트 담장 아래 서서히 바람 빠지는 테니스공, 당신은 넓이와 깊이, 크기와 무게가 없지만 그것들 바로 곁에, 바로 뒤에 있다 신문지 위에 한 손을 올려놓고 연필로 그리면 남는 공간, 손은 팔과 이어져 있기에 그림은 닫히지 않는다 당신이 흘러드는 것도 그런 곳이다

빌렌도르프의 비너스

몇 개의 구멍이 나 있지만 다 가짜다
손가락 집어넣으면 금세 막힌다
그러니까 진짜 구멍을 숨기려는
꽁수였던 것이다 그러나 자세히 보면
부푼 똥배 아래, 수영복 실팬티만 한 음부
한가운데 못에 긁힌 핏자국 같은 구멍은
가짜가 아니다 거기, 손가락 집어넣고
마구 돌리면 파꽃처럼 꽃 핀 머리 뚜껑 속
내용물이 마구 요동치며 딸꾹질하고
허파꽈리 터지는 소리를 내지를 것이다
오직 쾌락을 마시고 무명을 배설하는
이 흉물스런 기계를 어찌할 것인가
퍼질러 앉은 유방이 권투장갑 같은
이 기계를 누가 대적할 것인가

모딜리아니의 여인의 두상

여인의 얼굴은 막 자라나는 새싹을 감싸고 있다

그러니까 눈은 연둣빛 두 장의 떡잎이고
코는 아직 상처받지 않은 여린 줄기,
또 입은 양분을 다 뺏기고 쭈그러진 씨앗

어제도 많이 힘들었겠지만
내일 걱정을 다 쓸어 담을 만큼
두개골의 용적은 충분하다

혹시라도 흐르는 눈물이 덜 덥혀질까봐
따뜻한 곰보빵, 더 따뜻한 소똥 같은 머리 타래
뒤짱구 두개골 위에 가만히 덮어주고 물어본다

"넌 열이 날 때 밤이 좋니, 낮이 좋니?"

그러면 가스라이터에 그을린 눈썹 없는 눈으로
싫은 표정을 하는,
가루투성이 나방의 번데기 같은 여인

뚝지

1

　울진 앞바다 깊은 바위틈에 바보 물고기 뚝지가 산다 눈도 입
도 멍청하게 생긴 수컷이 저만큼 멍청한 암컷의 배를 만지고 쓰
다듬고 자꾸 눌러서 휘부연 알덩어리가 뭉게뭉게 쏟아지면, 그
위에 수컷은 밀린 오줌 싸듯이 정액을 쏟아 붓는다 엉겁결에 수
정이 끝나면 막무가내로 수컷은 암컷을 밀어내고 제 혼자 배를
까뒤집고 끈끈이주걱 같은 지느러미로 흐느적 흐느적 산소를 불
어 넣어준다 아무것도 먹지 못하고 마시지 못하고 온몸이 쭈그러
들어, 쭈그러진 살갗 빼곡히 꼼지락거리는 기생충이 피를 빨아도
떼어낼 생각도 않고, 삼십 일이나 사십 일 단장의 세월이 끝나고
올챙이 꼬리 같은 새끼들이 어리광 부리며 헤엄쳐 나오면 그제야
수컷은 깊은 숨 한번 들이킬 여가도 없이 숨을 거둔다 물론 그 전
에라도 배 출출한 무적의 무법자 대왕문어가 수시로 찾아와 육아
에 바쁜 수컷을 끌어안고 가는 것이다

2

　때로 수컷 뚝지가 쫓아내도, 쫓아내도 떠나지 않는 암컷 뚝지
를 기어코 밀어내는데, 그것이 왜 그렇게 안 떠나려고 버둥거렸
는지는, 혼자서 풀이 죽어 떠나가다가 느닷없이 나타난 대왕문어
의 밥이 된 다음에야 알 수 있다 갈가리 찢긴 암컷의 아랫도리엔
미처 다 쏟아내지 못한 알들이 무더기로 남아 있었던 것이다 바
보야, 그러면 그렇다고 말이라도 할 거지, 바보야

3

　또 어느 때는 수컷 뚝지가 눈 껌벅거리며 쉬임 없이 지느러미
놀려 가지런한 알들에게 산소를 불어넣어줄 때, 제 짝을 못 구한
암컷 뚝지가 두리번거리며 찾아와 연애 한번 하자고, 한 번만 하
자고 졸라대지만, 수컷은 관심이 없다 아예 관심이 없는 수컷은
막무가내로 암컷을 밀어내지만, 암컷이 왜 그토록 집요하게 치근
덕거렸던가는 그 또한 대왕문어의 밥이 되어 뱃가죽 터지고 사지
가 너덜거려야 알 수 있다 아무도, 아무도 애무해주지 않아 쏟아
보지도 못한 알들이 무더기무더기 깊은 바다를 떠다니고 있었다

뚝지만 잡아먹다가도 영 입맛이 없고 괜시리 성질 더러워지는 날에는 대왕문어 두 마리가 서로를 잡아먹으려고 덤비다가 두 마리 모두 시체가 되어 바다 밑으로 가라앉는다 죽음이 죽음을 잡아먹으려다 죽어버린 것이다

수상후보작

숲 속의 키스 외
김 행 숙

소묘 외
박 형 준

겨울의 여왕 외
송 찬 호

동사무소에 가자 외
이 장 욱

꽃살문 외
이 정 록

꽃을 찢고 열매 나오듯 외
장 옥 관

김행숙

숲 속의 키스 외

1970년 서울 출생.
1999년 《현대문학》으로 등단.
시집 『사춘기』 『이별의 능력』 등.

숲 속의 키스

두 개의 목이
두 개의 기둥처럼 집과 공간을 만들 때
창문이 열리고
불꽃처럼 손이 화라락 날아오를 때
두 사람은 나무처럼 서 있고
나무는 사람들처럼 걷고, 빨리 걸을 때
두 개의 목이 기울어질 때
키스는 가볍고
가볍게 나뭇잎을 떠나는 물방울, 더 큰 물방울들이
숲의 냄새를 터뜨릴 때
두 개의 목이 서로의 얼굴을 바꿔 얹을 때
내 얼굴이 너의 목에서 돋아나왔을 때

하얀 해변

소녀의 노래와 소년의 노래를 어떻게 구별하나요?
뗄 수 없는
눈빛과 입술처럼

소년은 더 아름답고
소녀는 더 아름다워요
우리가 노래할 때
이 세계의 아기들은 어떻게 태어나나요?

아기들은
가볍고
고통스러워요

해변을 함께 걷는다는 것은 나와 너에게 무슨 의미일까요?
하나씩 둘씩 지워지기 시작할 때

소녀가 소녀에게
소년이 소년에게
가까워질 때

우리의 미움이 끝까지 지양되는 동안에
반짝이며 부서지는 이빨이란 무엇일까요?
그 세찬 물결은

눈사람

왜 나는 눈이 오면 눈사람을 만들까?
햇빛이 비치면
왜 나는 가난한 집 아이로 태어났을까?

눈사람은 좋겠다.

시간이 펑펑 남아도네. 눈보라처럼 어지럽게 아이들은 자라고
눈사람은 점점점 작아진다. 눈사람이 작아졌다! 엄마가 죽었다.
내가 예뻐지기 시작했을 때 아버지가 죽었다. 눈사람에 대한 애
정과 관심 때문에 나는 점점 이상해진다는 말을 들었다. 내가 어
떻게 보이는지 자세히 좀 말해줄래? 요즘은 거울도 내 얼굴을 보
여주지 않아. 나는 아직 남아 있는데 마치 다 녹았다는 듯이.

내 눈사람들은 다 어디로 갔을까?
마치 찬장에서 설탕이나 기름병이 사라졌다는 듯이
사소하게
나는 시장에 간다.

모자의 효과

모자가 떨어져 있었어. 누군가 모자를 쓴 사람이었다가 모자를 쓰지 않은 사람이 되어 그곳을 지나갔고, 나는 길에서 모자를 주웠을 뿐인데, 모자 때문에 슬픈 것 같아.

모자 때문에 나는 감상적이야. 절제하지 않아. 모자가 …모자를 …어떻게 모자를 …나는 똑같은 모자를 열 번 쓰는데, 모두 다른 모자들이야. 어떻게 슬프지 않겠니?

이를테면, 안경을 닦는 노인 때문에 투명해지는 부분이 있고, 두 번째 안경을 닦는 노인 때문에 어두워지는 전체가 있어. 드디어 소경이 되셨어요. 우리 아버지. 깊은 모자를 쓰셨어요. 우리 아버지.

이를테면, 모자를 쓰는 순간에 나는 귓속말이 전달되는 귓속으로 빨려드는 것 같았어. 이제 마악 의미가 진동하고 있어. 너무 가까워서 덜덜 떨려.

길에 떨어진 모자를 주울 때, 모자가 사라지는 길이었겠지. 내 얼굴을 덮는 모자의 그림자를 느껴. 나는 초월할 수 없어! 주운 모자 때문에. 모두 다른 모자들 때문에.

손

마차에서 말들이 분리되는 순간
마차는 스톱! 하지 않았다
마차는
서서 생각하지 않았다

나는 생각하지 않는다
나는 쓴다, 나로부터 멀어지는 말발굽들처럼

극적으로 쓰러지는 대단원의 인물들처럼
다시 일어나 화려하게 웃으며 무대인사를 하는 여배우처럼
다른 사람처럼

허공에 휘어진 채찍처럼
나는 만지고
사랑하였다

나는 쓴다, 쓰고 나서 지우지 않고 쓴다
나는 살인의 현장을 지나, 떨어져 있는 칼, 다시 떨어져 있는
손, 갈퀴, 나의 가난

추적자의 손길처럼
환해지고
집요해진다

왕의 주먹이 만들어지고
쾅, 원탁의 한가운데를 내리치고 솟구치는
나의 날개
세계에 떨어지는 주사위들

순간의 빛

그리고 식탁에 수박과 식칼. 무슨 생각을 하고 있는 거야? 당신이 잔인해 보여. 그리고 당신은 더없이 우아한 여성인데

검은 씨. 붉은 바탕. 당신과 같군. 화병에는 꽃과 강아지풀이

성스러운 것. 상스러워지는 기분과 통해. 잘못되어가는 것들의 기쁨처럼 걷잡을 수 없는

그것을 조금 전에 당신은 식욕으로 표현했잖아. 식탁에서. 식탁에서 일어난 일이 아니었다면 그것은? 이지러지는

그림자가 없는 정오의 아스팔트에서. 바탕색은 검고 한가운데서 활활 타오르는 당신. 가장 뜨거운 머릿속에서 벌써 다 벌어진 일은?

사라지는, 사라지지 않는,

더 휘저어라. 나는 충분히 섞이지 않았다. 나는 생각 못한 알갱이처럼 남아 있어서 목에 걸리고

길고 외로운 팔을 욕조 밖으로 늘어뜨리는 것이다. 당신의 목욕시간은 너무 길어, 당신은 소리치는 것이다.

아주 길어져야 하는 것들이 있다고 나는 소리치는 것이다. 식사시간보다 목욕시간보다 더 길어지면 긴 것, 연약한 것, 갈 곳 없는 것, 사라지는 것,

그리고 극단적인 기침이 어디서 터져나오는 것이다. 사람 많은 곳에서 사람 아닌 것처럼 구부리고

구부렸다, 폈다, 구부리는 운동 속에서 나는 계속되지 않는다. 나는 불연속적으로 사람들 속으로 사람들을 떠난다.

박형준

소묘 외

1966년 전북 정읍 출생. 1991년《한국일보》로 등단.
시집 『나는 이제 소멸에 대해서 이야기하련다』『빵냄새를 풍기는 거울』
『물속까지 잎사귀가 피어 있다』『춤』등.

소묘

학생식당 창가에 앉아
늦은 점심을 먹습니다
손대지 않은 광채가
남아 있습니다
꽃 속에 부리를 파묻고 있는 새처럼
눈을 감고
아직 이 세상에 오지 않은
말 속에 손을 집어넣어봅니다
사물은 어느새
광대뼈가 툭 튀어나온 어머니
반짝거리는 외투
나를 감싸고 있는 애인
오래 신어 윤기 나는 신발
느지막이 혼자서 먹는 밥상이 됩니다
죽은 자와도,
아직 태어나지 않은 자와도 만나는 시간
이마에 언어의 꽃가루가 묻은 채
나무 꼭대기 저편으로 해가 지고 있습니다

꼬리조팝나무

강물을 바라보며
아버지의 여자가 머리를 빗네
난 침목을 밟으며 건너가지
젊은날의 아버지가 자전거를 끌고
강물 위를 건너 집으로 돌아가지
자전거 바퀴살에서 은빛 물살이 흘러가고
난 기적汽笛이 우는 소리를 듣네
아버지가 고개를 돌리자
여자가 강물에 빗을 떨어뜨리네
자전거가 강물에 꽂혀 있고
아버지는 자전거를 떠나며
허공을 몇 걸음 밟고 있네
난 젊은 아버지처럼 고개를 뒤로 돌리네
강물 아래로 여자가 빠뜨린 빗이
푸른 물살의 침묵을 빗어내리고 있네
읍내에서 집으로 가려면
강물을 건너야 한다네
난 읍내로 가기 위해 신작로 대신
철길의 껌종이를 주우며 걸었지

치약 먹은 듯 화한 여자들이 접혀 있는
껌종이 속에서 서울로 가는 기차 소리를 맡으며 자랐지
이제 난 철길의 침목을 밟으며
아버지의 무덤을 향해 돌아간다네
강물에서 돌아온 아버지는
단 한 번도 그 일을 입 밖에 꺼내지 않았네
거동을 하게 되자
싸리빗자루로 마당을 쓸기만 하였네
아침마다 빗살무늬 토기 같은 무늬가 집에 새겨지고
마을 입구 자신의 밭에 가서
허리를 수그리고 일을 하였지
아버지가 마당에 남겼던 빗살무늬 자국은
밭에서 자랐지 여자가 빗어넘긴 푸른 물살이 넘실거렸지
광에 거꾸로 처박힌 부서진 자전거 바퀴가
가끔 바람에 허공을 몇 걸음 밟아나간 날도 있었지
수그린 허리가 더 펴지지 않게 된 날
아버지는 드디어 침묵에서 놓여나 밭가에 무덤이 되었네
그 뒤로 누구도 아버지의 노동에 손대지 않았네
아지랑이와 풀씨로 뒤덮인 밭은 점점 형체를 잃어갔고

난 집을 떠났던 대로 철길을 다시 걸어와
천하룻밤이 흘러 아버지의 무덤에 돌아왔지
아버지는 죽어서 동산을 가졌다네
고개를 돌려 밭을 바라보자
기모노를 입은 듯
꼬리조팝나무가 밭가에 가득 넘실거리네
난 신작로 대신 레일 같은 강물 위를
자전거를 타고 미끄러져 도망치네
젊은 아버지의 단 하룻밤 꿈을 꾸네
아지랑이 가물거리는 강물 아래로
여자가 기적汽笛처럼 물결에 발목을 적시네
손에 쥔 빗으로
서녘을 빗어내리고 있네
저무는 밭에 기모노가 흔들리네
분홍 하늘에 여자가 떨어뜨린 빗이 떠가네

밤의 스핑크스

GS 25 편의점과 명지대학교 버스 정류장 사이
셔터가 내려진 쥬얼리샵
그녀는 자정 너머의 어둠 아래 좌판을 펼친다
골목을 메웠던 열정이 축 처진 어깨를 하고
버스 정류장 앞에서 오지 않는 버스를 기다리거나
편의점에서 목마름을 해결하는 시간
그녀가 바람과 같아서 볼 수는 없지만 느낄 수 있다

그녀는 좌판의 물건을 매일 바꾸지만
그녀도 그녀의 물건도 쉽사리 어둠과 분간이 되지 않는다
운동화끈과 머리핀과 아크릴 털실이
먼지와 비에 닳아져 모서리를 잃거나
수북히 눈을 맞아 형체만 세워진 날도 있었다
그녀의 축 늘어진 뱃살이 어둠 아래 층을 이루며 깊어간다
가끔은 좌판에서 가슴에 부리를 묻고
울음을 삼키는 외로운 목조木鳥가
어두운 가로수 위로 날아간 날도 있었다
그녀는 아랑곳 않고 자정 너머
흐릿한 시간 앞에 펼쳐놓은 불행을 응시한다

집으로 돌아가는 길을 잃고 새벽을 서성이는 사람들이 몇
비로소 시무룩해진 어깨로 그녀와 그녀의 물건의 존재를 눈치
챈다
그건 집으로 돌아갈 수 있는 사소한 위안의 보석이거나
한 권의 책처럼 옆구리에 끼고 다시 쓰여질 생을 노래할 수 있
는 소재이지만

어둠에 완벽히 적응한 그녀가 오늘도
자정 너머에 좌판을 펼쳐놓는다
가로수 위로 동이 틀 때까지
시간의 화석이 자신의 세계를 내려다보며 흐릿한 꿈에 잠겨 있다
밤의 스핑크스가 자신의 발치에 놓인 물건에서
천년보다 더 많은 추억을 불러내고 있다

시창작 교실

1

아침에 일을 나갔다가 오후 서너 시쯤 들어와서 잠을 자곤 한다. 꿈이 세상 참 편하게 사는군 하고 잠을 가볍게 흔들지만, 나는 모로 돌아누우며 꿈에게 거기에도 말할 수 없는 고충이 있어요 하고 아무렇지 않게 대답해준다. 주말을 제외하곤 일주일 내내 시를 가르치려 일어난다. 내가 일하러 다니는 학교들마다 시가 배회하는 교실이 있고, 햇빛 속에서 졸고 있는 학생들이 있다. 나는 창가에 가득한 햇빛을 바라보며 시를 가르친다. 햇빛 속에서 떠도는 말은 투명해져서 유리창을 맴돌다가 유령의 음성처럼 내 자신에게 반향된다. 분명 교실의 창은 닫혀 있는데, 벌 한 마리가 어디서 들어왔는지 음성이 부딪히는 유리창에 머리를 때리다가 부르르 날개를 떨다가 꽃가루를 묻힌다. 나는 꽃가루가 묻은 말이 교실을 웅웅대다 햇빛 같은 잠에 빠진 아이들에게로 떨어지는 것을 본다. 말이 저 고요한 아이들의 맑은 잠 속 날갯죽지의 황홀한 斑點이 되었으면

2

　……하고 고대하는 순간, 나는 내가 집에서 잠을 자고 있음을 매번 꿈에게 들킨다. 시를 가르치고 집에 일찍 돌아온 날은 잠을 잔다. 꿈에게 지금 고향의 납작집 뒤란에 있어요 하고 들려주면 호박벌 한 마리가 담장에 길게 드리운 호박꽃 속에 머리를 처박고 날개를 부르르 떤다. 잠 속에서 나는 꿈이 학생들의 눈동자처럼 궁금하다. 꿈은 뒷이야기를 듣지 않고 잠이 삐걱대는 소리를 내면 문을 열고 어디론가 사라진다. 새벽에 나는 홀로 깨어난다. 순간, 겨드랑이 어디쯤에 작고 눈부신 날개가 잘 마른 채 숨겨져 있고 꽃가루가 온통 방 안에 떨어져내린다. 나는 유리창으로 다가가 동네 뒷산 절에서 들려오는 새벽 타종 소리를 기다린다. 멀리서 웅웅대며 새벽 공기가 새겨놓은 첫 입김을 문지르려.

시신에 밴 향내

박형준

미라가 된 성녀여
시신屍身에 꽃을 뿌려놓았던가
어느 페이지에선 향기가 난다
책장의 한구석에 처박혔다
우연히 발굴된 낡은 책을
창가에 서성이며 달빛에 비춰본다

누런 책갈피 속에 꽂힌 꽃잎이
바스라져 있다
영원히 해갈되지 않는,
겨우 배고픔만 면하게 해주는
밥과 같은 그런 언어를,
풍화된 성녀의 치아가
꽉 물고 놓아주지 않는구나

책을 펼치니
엄지와 검지 사이에서 중얼거리던
펜촉이 남긴 밑줄과 메모,
달빛에 부풀어 포자처럼 날아간다

이 밤 항내에 배여
잠들어 있던 기억이
얼룩덜룩한 달 그늘 밑을 배회한다

달의 우물

보름달이 뜨는 밤엔 달 흔적이 선명해진다
달에는 우물이 있고
그 속에는 짐승이 까만 눈으로 어둠을 응시한다
가끔씩 더운 김이 달 그늘에 서린다

손

어느 날부터 손이
밤마다 집에 찾아왔다.
손은 그림물감을 개기도 하고
누르기도 하면서
허공에 들어 있는 형상을 이끌어냈다.
언제라도 형체를 새겨낼 수 있다는 듯
인내를 알고 있는 손.
서두르지 않고
허공을 반죽하며
우연을 완성으로 이루어놓은 손.
손의 조형 속에서
내 집은 숨을 쉬었다.
생은,
찬란히 죽음을 생각하는
모티프가 되었다.
밤마다 노동으로 그을린 손의 깊숙한
골짜기에서 무지개가 솟구쳤다.
그 뒤로 내 말은 힘을 잃었다.

송찬호

겨울의 여왕 외

1959년 충북 보은 출생. 1987년《우리 시대의 문학》으로 등단.
시집『흙은 사각형의 기억을 갖고 있다』『10년 동안의 빈 의자』『붉은 눈, 동백』등.
〈김수영문학상〉〈동서문학상〉수상.

겨울의 여왕

우리는 겨울의 여왕을 기다리고 있어요 여왕을 맞기 위해 우리
는 언덕의 울타리를 높여 눈사태를 막아야 해요 굴뚝에 고깔지붕
을 씌우거나 창문을 덧대고 무거운 솜과 소금을 짊어지고 당나귀
시험도 통과해야 해요

겨울의 여왕은 멀리 북극열차를 타고 오지요 곧 수만 볼트 고
압의 추위가 레일을 타고 빠르게 달려올 거예요 엄청난 폭풍이
몰려와 배를 산꼭대기로 밀어올릴 거예요 그래도 우린 견뎌야 해
요 끝없이 밤을 행군하는 군인들의 일그러진 얼굴을 보아요 그들
의 차가운 총검이 녹아 부러지면 어찌 되겠어요 더욱 혹한이 와
야 해요 연못 속 물고기도 자석을 꼬옥 물고 얼음장 아래 단단히
붙어 있어야 해요

돌쩌귀가 바람에 울고 있어요 벌써 길 건너 오리나무숲 아궁이
도 꺼졌어요 덜컹거리는 창문 소리에 놀라 목화씨가 가장 먼저
겨울잠을 깼네요 겨울의 여왕님, 지금 여기는 겨울의 피가 부족
해요 하얀 얼음의 콧수염에게 붙는 세금마저 너무 비싸요

겨울의 여왕님, 우리는 당신에게 우리 아이들을 바쳤답니다 이

겨울 가장 추운 나라에 사는 순록의 뿔처럼 아이들 키를 한 뼘만
키워주세요 지금쯤 아이들은 대륙을 이동하는 쇠기러기의 바구
니를 얻어 타고 북극을 날겠지요 투룬바호수의 푸른 눈동자와 오
로라공주도 보겠군요 그런데 어쩌지요, 우리는 백설의 구두가 녹
을까봐 따듯한 난로 곁으로 당신을 부르지 못하겠어요…… 아무
튼, 겨울이 깊었습니다 사랑해요, 겨울의 여왕님!

종달새

나는 달린다 달팽이보다 더 빨리
지렁이보다 더 멀리 나는 달린다
종아리에 피리 구멍이 터져 흐를 때까지

나는 이제 당분간 통속한 새들의 시장을 떠난다
신문도 보지 않고 일기예보도 듣지 않고 화단에 물도 주지 않
는다
내 몸의 피리 구멍으로 무거운 피가 모두 빠져
나갈 때까지 나는 달려야 한다 더 가벼워져야 한다

강가의 조약돌에 비친 물고기 눈 속에
갈대들이 부는 휘파람 속에
꼭 쥔 아이의 주먹 속에
공중에 파종할 새들의 씨앗이 들어 있다
나는 나뭇가지에 새로운 서정의 집을 짓는다

내게 내일의 꿈은 저 들판의 푸른 종지기,
나는 솟구친다 나는 비상한다
나는 온몸으로 꽃들을 타종한다

나는 달린다 바람보다
더 빨리 구름보다 더 멀리
공중 계단 내 종아리에 종달새 산다

옛적 고향 마을에 처음 전기가 들어올 무렵,

마당가 붓꽃들은 노랑 다홍 빨강 색색의 전기가 들어온다고 좋
아하였다

울타리 오이 넝쿨은 5촉짜리 노란 오이꽃이나 많이 피웠으면
좋겠다고 했다

닭장 밑 두꺼비는 찌르르르 푸른 전류가 흐르는 여치나 넙죽
넙죽 받아먹었으면 좋겠다고 했다

그리고 우리 식구들은 늦은 저녁 날벌레 달려드는 전구 아래
둘러앉아 양푼 가득 삶은 감자라도 배불리 먹었으면 좋겠다고 생
각했다

그해 여름 드디어 장독대 옆 백일홍에도 전기가 들어왔다
이제 꽃이 바람에 꺾이거나 시들거나 하는 걱정은 덜게 되었다
꽃대궁에 스위치를 달아 백일홍을 껐다 켰다 할 수 있게 되었다

失戀

여자는 눈이 퉁퉁 붓도록 울었다 여자는 말똥을 담는 소쿠리처럼 자신이 버려졌다고 생각했다

그런데 거울을 보지 않고 지낸 얼마 사이 초승달 눈썹 도둑이 다녀간 게 틀림없었다

거울 속 상심으로 더욱 희고 수척해진 비련의 여인에게 구애의 담쟁이넝쿨이 뻗어가 있었던 것이다!

여자는 나비콤팩트를 열고 그중 가장 눈부신 나비 색조를 꺼내 자신의 콧등에 얹어놓았다

여자의 화장 손놀림이 빨라졌다 이제 여자의 코를 높이는 끝없는 나비의 노역이 다시 시작되었다

토란잎

　나는, 또르르르…… 물방울이 굴러가 모이는 토란잎 한가운데,
물방울 마을에 산다 마을 뒤로는 달팽이 기도원으로 올라가는 작
은 언덕길이 있고 마을 동남쪽 해 뜨는 곳 토란잎 끝에 청개구리
청소년수련원의 번지점프 도약대가 있다

　토란잎은 비바람에 뒤집혀진 우산을 닮았다 그래도 토란잎 대
궁 아래 서면 비 가림 정도는 충분하다 한번은 낙하산을 타고 내
려오던 군인이 하늘에서 길을 잃고 토란잎에 착지한 적 있다 나
는 그와 함께 초록뱀이 짧게 발등을 스치고 지나간 청춘의 오솔
길에 대해 오래 이야기하였다

　바람이 없어도 때로 토란잎은 온몸을 흔들며 경련을 한다 어디
든 삶의 격절과 단층은 있는가보다 그럴 때마다 물방울들은 의자
나 기둥에 매달려 떨며 흔들리며 몹시 아프다

　지난여름, 소나기가 토란잎을 두드려 드럼을 연주하는 가설무
대가 선 적 있다 한 달간 소나기가 계속되었고 그다음 한 달은 폭
염이 세상을 지배했다 빗속 천둥과 번개가 토란잎 위에서 뒹굴었
고 그다음 전라의 젊은 남녀가 태양을 피해 토란잎 그늘로 뛰어

들었다 그러고 보면 세상을 한껏 치장하는 앵무새의 혀, 사자의
갈기, 원숭이의 다이아몬드 꼬리, 잉어의 수염 등은 한낱 삶의 가
면에 불과하다

　그리고 지난여름, 토란잎을 둘러싼 탱자나무 울타리에 커다란
해일이 일었다 그러나 어떠한 사소한 뉴스도 탱자나무 가시 울타
리를 뚫고 넘어 오지 못했다 다만, 아무도 다치지 않은 채 오직
탱자나무 가시만 홀로 아팠다 그리고 훌쩍 여름은 지나갔다

　언제나, 물방울들은 토란잎 한가운데 모여 합창을 한다 또르르
르 또르르르 쉬임 없는 물방울들의 합창 또르르르 또르르르 힘겨
운 물방울들의 노젓기 토란잎, 이 배가 가 닿는 세상의 끝은 어디
인가 나는 게으르게 언덕에 누워 아득히 하늘을 지나는 비행기를
본다 어디 저기에서 쓸 만한 냉장고 하나 안 떨어지나……

오월

냇물에 떠내려오는 저 난분분 꽃잎들
술 자욱 얼룩진 너럭바위들,
사슴들은 놀다 벌써 돌아들 갔다
그들이 버리고 간 관冠을 쓰고 논들
이제 무슨 흥이 있을까 춘절春節은 이미 지나가버렸다

염소와 물푸레나무와의 질긴 연애도 끝났다
염소의 고삐는 수없이 물푸레나무를 친친 감았고 뿔은 또 그걸
들이받았다
지친 물푸레나무는 물푸레나무 숲으로 돌아가고
염소는 고삐를 끊은 채 집을 찾아 돌아왔다

그러나 그딴 실연에 아랑곳하지 않고 돗자리 말아 등에 매고
강아지풀 꼬릴 잡고 더듬더듬 들길을 따라오는 저 맹인 악사를
보아라
저 맹목의 초록이 더욱 짙어지기 전에,

지금은 청보리 한 톨에 바람의 말씀을 더 새겨넣어야 할 때
둠벙은 수위를 높여 소금쟁이 학교를 열어야 할 때

살찐 붕어들이 버드나무 가랭이 사이 수초를 들락날락해야 할
때!

백일홍

송찬호

담벼락 아래 옹기종기 모여 노는 부스럼투성이 머리의 백일홍들
공기놀이하는 백일홍 물구나무서기 하는 백일홍
양식 구하러 간 엄마 언제 오나 멀리 동구 밖 내다보는 백일홍

놀다 허기지면 우물가에 내려가 한 종지씩 물배를 채우고,
오뉴월 땡볕 똥글똥글 공 굴려 가는 쇠똥구리 백일홍
일곱 살 막내 졸졸 따라다니며 누런 코 핥아 먹는 강아지 백일홍

이담에 크면 우리 여기다 커다란 꽃밭을 만들자
여기 꽃밭에다 뽐뿌를 박고 여기서 퍼 올린 물로
달콤한 분홍물 다홍물 장사를 하자

그때 골목을 들어오시던 어머니,
일평생 그날 단 하루 신식 여성이셨던 우리 어머니
그날 친정 갔다 얻어 입고 온 허름한 비로도 양장 치마저고리
그때 처녀 적 수줍음처럼 어머니 가슴에서 반짝이던 빠알간 백
일홍 브로치!

이장욱

동사무소에 가자 외

1968년 서울 출생. 1994년《현대문학》으로 등단.
시집 『내 잠 속의 모래산』 『정오의 희망곡』 등.

동사무소에 가자

동사무소에 가자
왼발을 들고 정지한 고양이처럼
외로울 때는
동사무소에 가자
서류들은 언제나 낙천적이고
어제 죽은 사람들이 아직
떠나지 못한 곳

동사무소에서 우리는 前生이 궁금해지고
동사무소에서 우리는 공중부양에 관심이 생기고
그러다 죽은 생선처럼 침울해져서
짧은 질문을 던지지
동사무소란
무엇인가

동사무소는 그 질문이 없는 곳
그 밖의 모든 것이 있는 곳
우리의 일생이 있는 곳
그러므로 언제나 정시에 문을 닫는

동사무소에 가자

두부처럼 조용한
오후의 공터라든가
그 공터에서 혼자 노는 바람의 방향을
자꾸 생각하게 될 때

어제의 경험을 신뢰할 수 없거나
혼자 잠들고 싶지 않을 때
왼발을 든 채
궁금한 표정으로
우리는 동사무소에 가자

동사무소는 간결해
시작과 끝이 무한해
동사무소를 나오면서 우리는
외로운 고양이 같은 표정으로
왼손을 들고
왼발을 들고

뼈가 있는 자화상

오늘은 안개 속에서 뼈가 만져졌다.
뼈가 자라났다.
머리카락이 되고 젖은 나무가 되었다.
희미한 경비실이 되자
겨울이 오고
외로운 시선이 생겨났다.
나는 단순한 인생을 좋아한다.
뒷모습은 없어도 좋다.
겨울에는 거미들을 위해
더 많은 구석을 가진 영혼이 필요해.
그것은 오각형의 방인지도 모르고
막 지하에서 돌아온
양서류의 생각 같은 것인지도 모른다.
혹은 먼 곳의 소문들.
개들에게는 겨울 내내
선입견이 없었다.
거미들도 조용한 꿈을 꾸었다.
오늘은 네가 보고 싶어.
안개 속에서 뼈들이 꿈틀거린다.

처음 보는 얼굴이 떠오른다.

소규모 인생 계획

식빵 가루를
비둘기처럼 찍어 먹고
소규모로 살아갔다.
크리스마스에도 우리는 간신히 팔짱을 끼고
봄에는 조금씩 인색해지고
낙엽이 지면
생명보험을 해지했다.
내일이 사라지자
모레가 황홀해졌다.
친구들은 하나 둘
의리가 없어지고
밤에 전화하지 않았다.
먼 곳에서 포성이 울렸지만
남극에는 펭귄이
북극에는 북극곰이
그리고 지금 거리를 질주하는 사이렌의 저편에서도
아기들은 부드럽게 태어났다.
우리는 위대한 자들을 혐오하느라
외롭지도 않았네.

우리는 하루 종일
펭귄의 식량을 축내고
북극곰의 꿈을 생산했다.
우리의 인생이 간소해지자
달콤한 빵처럼
도시가 부풀어올랐다.

목소리들

당신들은 목소리를 흘린다.
나는 흩어지는 것들을 바라본다.
거리의 신호등은 물질적이고
누구나 어제의 힘으로 겨우
미래에 도달했다.
그녀는 혼자 외우기 좋은 주문을 알게 되었고
그는 개들의 침묵을 이해했으며
너는 십 년 전 어느 날 했던 말들을
똑같이 반복했다.
붉은 등이 켜지자
외로운 자들만 읽을 수 있는
하나의 책이 되기 위해
모두들 생각을 멈추었다.
사실 생각이란
횡단보도에는 어울리지 않는 것
누군가는 미래로 전화를 걸고
누군가는 갑자기 차도로 뛰쳐나갔지만
모두가 거리의 정적을 느낀 것은 아니다.
그것은 욕설에 익숙한

소년소녀들의 몫.
자동차들은 언제나 과거로부터 나타나고
나는 험상궂은 표정으로도
슬픔을 표현할 수 있다.
주문을 외우자
푸른 불이 켜지고
거리는 영원히 이어졌다.
긴 정적이 시작되었다.
모두들 누군가의 목소리를 들은 듯
잠시 걸음을 멈추었다.

다섯 시에서 일곱 시까지의 먼 곳

너를 향해 자꾸 손가락들이 자라나.
손가락들은 편견으로 가득하다.
오늘은 광화문에서 만나지 않겠어?
발밑의 그림자들은 매일 다시 태어나고
손가락들은 오래전부터 먼 곳을 좋아했네.
잠깐. 레종 하나 주세요.
하지만 네가 없는 토요일은 너무 거대해서
너를 빼고는 무엇이든 넣을 수 있다.
케이블 티브이의 우울한 개그맨들.
만우절의 진실과 그림자들의 시간.
마로니에공원 주변 도로는 노점상연합회 시위로 정체 중입니다.
정점을 향해 떠오르는 축구공을 바라보며
우리는 그림자처럼 줄어들었네.
오늘은 모든 게 물질을 빌려 태어나는 오후,
죽음은 뼈가 되고, 휴대전화 이용료 1만 9천원,
외로움은 텅 빈 엘리베이터였다가, 채무변제 15만원,
너는 십 년 전의 바닷가가 되었네.
한낮의 그림자들이 피어나 밤을 이루고
아름다운 밤의 손가락들은 죄가 없고

편견이 없으면 사랑도 없네.
너를 안고 싶어.
아, 그런데 오늘은 명동에서 만나기로 하지 않았어?

피의 종류

오늘의 햇빛에는 감정이 지워져 있다.
공공장소에는 비둘기들이 어울려.
새들에게도 혈액형이 있고
그들만의 경험이 있을 것이다.
하지만 사람들은 꾸준히
거짓말을 하며 걸어 다녀.
누군가는 매일 혈액형이 바뀌고
누군가는 피의 종류를 모르지만
아이들은 언제부터인가 열심히
사람들을 닮아갔다.
오늘의 날씨는 너무 쉽게 솔직해져.
갑자기 쏟아지는 비가
구름의 책임은 아니듯이.
길가에 납작해진 비둘기가 조금씩
길이 되어가듯이.
약국 셔터 아래로
어제의 비늘처럼 저녁이 쌓이고.
하지만 피를 뽑은 후에 사람들은
가벼워진 몸으로 다시

익숙한 거짓말을 시작했다.
공공장소에서는 누구나
경험이 풍부한 사람이 되고
피의 종류에 대해
해박해졌다.

이정록

꽃살문 외

1964년 충남 홍성 출생. 1993년 《동아일보》로 등단.
시집 『벌레의 집은 아늑하다』 『풋사과의 주름살』
『버드나무 껍질에 세들고 싶다』 『제비꽃 여인숙』 『의자』 등.
〈김수영문학상〉 〈김달진문학상〉 수상.

꽃살문

꽃에는 정작 芳年(방년)이란 말이 없다네.

그래, 천년만년 꽃다운 얼굴 보여주겠다고

누군가 칼과 붓으로 나를 피워놓았네만

그 붓끝 떨림이며 자흔刺痕 바람에 다 삭혀내야

꽃잎에 나이테 서려 무는 芳年(방년) 아니겠나?

꽃이란 게, 향과 꿀을 퍼내는 출문이자 열매로 가는 입문이라

나도 고개 돌려 법당마루에 오체투지하고 싶네만

마른 주둥이 훔치는 햇살 천년 바람 천년,

법당마당의 싸리비질 자국만 돋을새김하고 있네.

그렇다네, 이 문짝에 拈華(염화)가 없다면

어찌 어둔 법당에 微笑(미소)가 있겠는가?

풍경 소리며 목탁 소리에도 나이테가 있는 법,

날 쓰다듬고 가는 저 달빛 구름 그림자처럼

씨앗 쪽으로 잘 바래어 가시게나.

바람의 악수

명아주는 한마디로 경로수敬老樹다.
혈액순환과 신경통과 중풍 예방에 그만이다.

고스란히 태풍을 맞아들이는 어린 명아주. 거센 바람이 똬리를
튼, 그 자리가 지팡이의 손잡이가 된다. 세상에는 태풍을 기다리
는 푸나무도 있는 것, 태초부터 지팡이를 꿈꿔온 명아주 이파리
들이 은갈치처럼 파닥인다.

길을 묻지 마라. 허공을 헤아리면 세상 다 아는 것이라고, 명아
주 지팡이가 하늘을 가리킨다. 먼 바다에서 바람꽃 봉오리 하나
소용돌이치는가? 그 태풍의 꽃보라 쪽으로 지팡이의 숨결이 거칠
어진다.

먼저 풍 맞아본 자가 건네는, 바람의 악수.
노인이 문득 걸음을 멈춘다. 오래된 바람 두어 줄기가 정수리
밖으로 빠져나간다. 바람의 길이 하늘 꼭대기까지 청려장靑藜杖으
로 내걸린다.

옥상이 논다

평상이 없다
예비군복과 기저귀가 없다
새댁의 나이아가라 파마가 없다
상추와 풋고추가 없다 줄넘기 소리가 없다
쌍절봉이 없다 시멘트 역기와 통기타가 없다
골목길 멀리 내뱉던 수박씨가 없다
미주알고주알 낄낄낄 호박씨가 없다
항아리가 없다 항아리 뚜껑 위에 감꽃이 없다
모기장이 없다 모기를 잡던 박수 소리가 없다
모기장을 묶어 매던 돌덩어리 네 개가 없다
고무신이 없다 고무신 속 빗물 한 모금이 없다
안테나가 없다 안테나를 돌리는 작은 손이 없다
잘 나와? 잘 나오냐고? 안마당에 내려놓던 고함 소리가 없다
우리 집은 잘 나오는디, 염장을 지르던 옆집 아저씨의
늘어진 런닝구가 없다 런닝구 속 마른 가슴팍에 수박씨가 없다
근데, 이 많은 것들이 언제 내 머릿속에 처박혔나?
이마는 어느새 평상처럼 넓어졌나? 가슴속
잡것들은 다시 옥상에 기어 올라가려고
울끈불끈, 내 런닝구는 누가 이리도 잡아당겼나?

어떤 싸가지가 수박씨 날리는 거야?
고개 들어 텅 빈 옥상을 두리번두리번,

반달편지함

오늘 밤엔 약수터 다녀왔어요. 플라스틱바가지 입술 닿는 쪽만 닳고 깨졌더군요. 사람의 입, 참 독하기도 하지요. 바가지의 잇몸에 입술 포개자 첫 키스처럼 에이더군요. 사랑도 미움도 돌우물 바닥을 긁는 것처럼 아프기 때문이겠죠.

그댈 만난 뒤 밤하늘 쳐다볼 때 많아졌죠. 달의 눈물이 검은 까닭은 달의 등짝에 써놓은 수북한 편지글들이 뛰어내리기 때문이죠. 때 묻은 말끼리 만나면 자진하는 묵은 약속들, 맨 나중의 고백만으로도 등창이 나기 때문이지요.

오늘 밤에도 달의 등짐에 편지를 끼워 넣어요. 달빛이 시린 까닭은 달의 어깨너머에 매달린 내 심장, 숯 된 마음이 힘을 놓치기 때문이죠. 언제부터 저 달, 텅 빈 내 가슴의 돌우물을 긁어댔을까요. 쓸리고 닳은 달의 잇몸을 젖은 눈망울로 감싸 안아요.

물 한 바가지의 서늘함도 조마조마 산을 내려온 응달의 실뿌리와 돌신발 끌며 하산하는 아린 뒤꿈치 때문이죠. 우표만 한 창을 내고 이제 낮달이나 올려다봐야겠어요. 화장 지운 그대 시린 마음만 조곤조곤 읽어야겠어요. 쓰라린 그대 돌우물도 내 가슴 쪽으로 기울고 있으니까요.

옆걸음

전깃줄에 새 두 마리.
한 마리가 다가가면 다른 한 마리
옆걸음으로 물러선다. 서로서로 밀고 당긴다.
먼 산 바라보며 깃이나 추스르는 척
땅바닥 굽어보며 부리나 다듬는 척
삐친 게 아니다. 사랑을 나누는 거다.
작은 눈망울에 앞산 나무이파리 한 잎 한 잎 가득하고
새털구름 한 올 한 올 하늘 너머 눈 시려도
작은 몸 가득 콩당콩당 제짝 생각뿐이다.
사랑은 옆걸음으로 다가서는 것, 측근이라는 말이
집적집적 치근거리는 몸짓이 이리 아름다울 때 있다.
아침 물방울도 새의 발목 따라 쪼르르 몰려다닌다.
그중 한 마리가 드디어 야윈 죽지를 낮추자
금강초롱꽃 물방울들 후두둑후두둑 땅바닥을 적신다.
팽팽한 활시위 하나가 하늘 높이
한 쌍의 탄두를 쏘아 올린다.

장화

　술도가 딸기코 주씨, 술 탱크 젓다가 거꾸로 처박혔다. 첨벙!
뚱보 주인장이 달려 나왔다. 술맛 다 버렸군. 일하기 싫다고 장화
를 처넣어. 넌 오늘로 해고야! 안방사무실로 쾅! 들어가버렸다.
항아리에 빠진 주씨의 숨넘어가는 소리는 듣지 못하고 둥둥 떠
있는 장화만 본 것이다. 왕창 막걸리 들이컨 주씨, 병원차에 실려
갔다. 주씨의 장화도 실컷 술 마셨다. 이 일이 뭐가 힘들담! 며칠
째 구시렁구시렁 문병도 안 가고 혼자 일하던 뚱보 할아버지도
술 탱크에 처박혔다. 나란히 병실에 누웠다. 병원 가득 술 냄새
풀풀 났다. 아지랑이도 등 돌린 채 비틀거렸다. 문 닫은 양조장
처마 밑, 장화 두 켤레도 흠뻑 취해 누워 있다.

강

너 낳고,

젖통이 고드랫돌[1]처럼 굳어서 젖 한 방울 안 나오는 거여. 몇 날
몇 밤 뜨건 수건으로 싸맸다 풀었다, 조무래기들 돼지오줌보 다루
듯 시어머니며 고모들이며 군대도 안 간 어린 삼촌들까지 달려들
어 주무르고 짜보고 별짓 다했는데도 자꾸만 딱딱해지는 거라. 참
다 참다 소 돼지 예방접종이나 놓던 동네 돌팔이의사한테 부끄러
운 스물여섯 살의 옷고름을 내맡겼는데 서른 넘어 장가 간 그 놈이
알긴 뭘 알겠냐? 돌확 옮기듯 사나흘 끙끙거리다가 서른 곳도 넘
게 대침으로 찔러대는 거여. 지가 뭐 알고 그랬겠냐? 이래 죽으나
저래 죽으나 어떻게든 해보라고 악써대니까 엉겁결에 그런 거지.
저도 눈을 찔끔찔끔 정신 논 놈처럼 쑤셔대더라고. 그러다 황소 뒷
발에 밟힌 하눌타리처럼 노란 고름이 그놈 면상으로 솟구치는데
내가 그때 알았다는 거 아녀. 앓던 이 빠진 것 같다는 말 그거야 이
놈저놈 다 겪어본 거라 사람들이 시도 때도 없이 쓰는 거지, 진짜
는 딱딱한 젖통 고름 빠지듯이란 말씀이 몇 백 수는 윗줄인 거라.
몸에서 몸이 빠져나간 지 몇 달 만에 또다시 몸이 빠져나가니 밑
빠지고 젖 빠지고 내가 널 안고 억수로 울었어야. 너는 어찌 알았
는지 뚝 눈물 삼킨 채 젖을 찾더구나. 목숨이란 게 징그러운 거여.
근데 이 놈의 고름이 제 살던 데서 계속 살고 싶은지 멎지를 않는

거여. 병이란 거, 한 번 몸에 깃들면 당최 안 나서니까 안 낫는다는 말이 나온 거여. 광목 기저귀를 두세 장 겹겹 젖가슴에 둘렀다가 들일 마치고 들어와 컴컴한 부엌에서 풀러보면, 굳을 덴 굳고 젖은 덴 젖어서 무슨 피눈물 나는 인생이란 게 이런 거구나 싶더라. 흰 광목천에 누런 고름이 군데군데 움푹움푹 찍혀 있는 게, 그 뭐냐? 저기 저 강바닥처럼 척하니 굽이굽이 펼쳐지더라고. 지금이니까 어둔 부엌에서 무슨 강줄기를 봤다고 문자 써가며 얘기하지, 옛날 엔 그저 그게 다 한 여편네의 끝 모를 인생 같더라고. 내가 왜 저 마른 강물의 맘을 모르겠냐? 강이나 여자나 축축할 데 축축하고 마를 데 말라 있어야 한다는 걸 말이여. 지금 내 말 귀에 담기나 하 냐? 어찌어찌 다시 젖이 돌아 그 상처투성이를 빨고 네가 이만큼 장성했다만, 암만해도, 그래서 네가 선생질에다가 글쟁이까지 하 는가 싶다. 분필이나 펜대 놀리는 거, 그게 다 남의 피고름 빼는 짓 아니겠냐? 그러니깐, 물 좋을 때 잘 적시란 말이여. 강물 졸아붙은 다음에 마른 펜 붙잡고 먼 산 보지 말고 말이여. 내 말 알아먹겠 냐? 지금 네가 강물 낮바닥에 번쩍번쩍 번개 칠 때란 말이지.

어디, 구멍 숭숭 뚫렸던 어미 젖통 한번 볼 거여?

---

1) 발이나 돗자리 따위를 엮을 때에 날을 감아 매어 늘어뜨리는 조그마한 돌.

장옥관

꽃을 찢고 열매 나오듯 _외

1955년 경북 선산 출생. 1987년 《세계의 문학》으로 등단.
시집 『황금 연못』 『바퀴소리를 듣는다』 『하늘 우물』 『달과 뱀과 짧은 이야기』 등.
〈김달진문학상〉 〈일연문학상〉 수상.

꽃을 찢고 열매 나오듯

싸락눈이 문풍지를 때리고 있었다.

시렁에 매달린 메주가 익어가던 안방 아랫목에는 갓 탯줄 끊은 동생이 포대기에 싸인 채 고구마처럼 새근거리고 있었다.

비릿한 배내옷에 코를 박으며 나는 물었다.

―엄마, 나는 어디서 왔나요.

웅얼웅얼 말이 나오기 전에 쩡, 쩡 위뜸 못이 자위 뜨는 소리 들려왔다.

천 년 전에 죽은 내가 물었다.

―꽃을 찢고 열매 나오듯이 여기 왔나요. 사슴 삼킨 사자 아가리 찢고 나는 여기 왔나요.

입술을 채 떼기 전에 마당에 묻어놓은 김장독이 배 부푸는 소리 들려왔다.

말라붙은 빈 젖을 움켜쥐며 천 년 뒤에 태어날 내가 말했다.

―얼어붙은 못물이 새를 삼키는 걸 봤어요. 메아리가 메아리를 잡아먹는 걸 나는 들었어요.

송골송골 이마에 맺힌 땀방울을 닦으며 미역줄기 같은 어머니가 말씀하셨다.

―애야, 두려워마라. 저 소리는 항아리에 든 아기가 익어가는 소리란다.

휘익, 휘익 호랑지빠귀 그림자가 마당을 뒤덮고 두리기둥이 부
푼 배를 안고 식은땀 흘리던 그 동짓밤,
썰물이 빠져나간 어머니의 음문으로
묵은 밤을 찢은
새해의 동살이 비쳐들고 있었다.

호떡집에 불이 나서

하필이면 왜 호떡집인가,

오래도록 궁금하더니 오늘에야 알았다. 호떡집에 불이 나면 무슨 일이 생기나. 대백플라자 모퉁이 포장 친 옛날식 호떡집. 세상에서 가장 시끄러운 집.

훽훽, 소매가 펄럭거리고

반죽이 척척, 이겨지고

빵틀이 철컥철컥, 돌아간다.

손님들이 줄 서서 기다리고, 볶은 땅콩이 튀고, 밀가루가 날뛰고, 달아오른 빵틀 속에서 호떡이 정신없이 부풀어오른다.

호떡집에 불이 났다.

그런데 이게 웬일, 움직임은 부산한데 말소리는 한마디도 들리지 않는다. 아이스크림 튀김처럼 겉은 뜨겁고 속이 고요하여,

알고 보니 그 집 주인은 농아부부. 주인이 농아이니 손님도 덩달아 농아가 되어

천 원짜리 두 장을 들고 눈짓으로, 손가락으로, 벙긋 웃음으로, 돈이 건너가고 호떡이 건너온다. 계핏가루가 싸늘한 겨울 공기를 문지른다.

호떡이 부풀어오르는 동안

천막 바깥의 딱딱한 시간이 물렁물렁하게 부풀고 마침내 알맞

게 구운 노릇한 호떡을 한 입 베어 먹을 때,

　앗, 뜨거!

　숨죽였던 말들이 튀어나오며 뭉클, 굳은 혀가 구름처럼 마구
피어오르는 것이었다.

달팽이

그날도 힘 부칠 정도로 책을 사서는 대구행 막비행기 시간 빠듯하게 지하철을 탔지요. 한 시간 전부터 마렵던 오줌보 움켜쥐고 자리에 앉으려는데 구둣발 사이로 뭔가 움직이는 게 보이는 겁니다.

그렇습니다, 달팽이! 새끼손가락 손톱만 한 게 여기가 어디라고 세상모르게 느릿느릿 기어가고 있었습니다. 지하철에 달팽이라니, 둘러보니 곳곳에 으깨어진 비릿한 자국.

명색이 시인인데—, 얼른 주워 손바닥에 올려놓고 궁리를 했습니다. 이걸 어쩌나, 풀 한 포기 없는 캄캄한 지하에 이놈을 놓아둘 순 없는 일. 공항에 가면 작은 풀밭이라도 있으리라.

하지만 달팽이는 내 갸륵한 생각은 아랑곳하지 않고 끈적끈적한 침을 게워내며 손바닥을 빠져나가려 하는 겁니다. 행여 줄다 떨어뜨릴까봐 눈 부릅뜨고 한 시간을 좋이 견뎠지요.

마침내 목적지에 도착해서 두 팔로도 버거운 짐을 한쪽으로 몰아쥐고, 가방은 어깨에 비스듬히 걸어 메고 달팽이를 쥐고 계단을 뛰어오르니 이런, 김포공항 드넓은 광장에는 한 뼘 풀밭이 없었습니다.

장내 방송은 거듭 재촉하는데, 터질 듯 부풀어오른 오줌보는 아프기까지 한데, 풀 한 포기 흙 한 줌이 영 안 보이는 겁니다.

이럴 땐 어떻게 해야 합니까.

바닥에 놓고 구둣발로 밟아버려야 합니까? 비행기를 포기하고 하룻밤 묵고 와야 합니까? 그냥 눈 딱 감고 먹어버립니까?

그 답을 아직까지 찾지 못했습니다.

십 년이 지나도 찾지 못했습니다.

붉은 꽃

거짓말할 때 코를 문지르는 사람이 있다. 난생처음 키스를 하
고 난 뒤 딸꾹질하는 여학생도 있다.

비언어적 누설이다.

겹겹 밀봉해도 새어나오는 김치 냄새처럼 도무지 잠글 수 없는
것, 몸이 흘리는 말이다.

누이가 쑤셔박은 농짝 뒤 어둠, 이사할 때 끌려 나온 무명천에
핀 검붉은 꽃,

몽정한 아들 팬티를 쪼그리고 앉아 손빨래하는 어머니의 차가
운 손등

개꼬리는 맹렬히 흔들리고 있다.

핏물 노을 밭에서 흔들리는
수크령,

대지가 흘리는 비언어적 누설이다.

아마 긴 시간이

킬리만자로 산록의 암보셀리 평원에서
한 떼의 코끼리를 만났다.
코가 유난히 길었다. 아마 긴 시간이 코를 잡아당긴 모양이었다.
그 긴 시간 동안
몸집을 부풀린 모양이었다. 공포가 몸집을 키운 것이다. 빠른
발 대신에 큰 몸집을 선택한 것이다.
슬픈 몸집 탓으로 그들은
쉼 없이 먹고 또 먹어야 했다.
자본주의 같았다.
코끼리는 똥도 무지 컸다. 냄새를 맡아보았다. 풀 냄새가 났다.
포슬포슬했다.
입으로 들어간 풀이 몸을 통과해서 다시 밖으로 나온 것이다.
그가 가져간 것은 아무것도 없었다.
시작을 모르는 바람이 나를 어루만지고
어디론가 사라졌다. 긴 호흡, 발 아래 놓인 검은 돌을 들었다가
제자리에 가만히 내려놓았다.
참 긴 시간이 흘렀다.

휘파람을 부는 나무

케냐의 소들은 목덜미에
혹을 달고 있었다.
지독한 건기를 견디기 위해서라고 했다.
나무들은 혹 대신에
가시를 매달고 있었다. 내가 본
마사이마라의 나무들은 모두 아카시아였다.
어떤 아카시아는 휘파람을 불 줄 알았다.
사람들이 다 자는 오밤중에 홀로
휘파람을 부는 나무
마른 가시로 가시를 딱딱 부딪치며
휘파람을 부는 나무
새엄마가 들어오는 날 아홉 살 사촌 형은
우리 집 무화과나무 아래서 종일
휘파람을 불었다. 혹을 열매로
달고 있는 무화과나무가
넓은 손바닥으로 어루만져주었다.
작은아버지의 혹을
어루만져주었다. 혹독한 건기,
견뎌야 할 건기가 비로소 시작되고 있었다.

역대 수상시인 근작시

어느 초밤 화성시 궁평항 외
황 동 규

천지간 외
김 명 인

꽃바구니 외
나 희 덕

황동규

어느 초밤 화성시 궁평항 외

1938년 서울 출생. 1958년 《현대문학》으로 등단.
시집 『어떤 개인 날』 『풍장』 『외계인』 『버클리풍의 사랑노래』
『우연에 기댈 때도 있었다』 『비가』 『꽃의 고요』 등.
〈현대문학상〉 〈대산문학상〉 〈미당문학상〉 〈만해대상〉 수상.

어느 초밤 화성시 궁평항

비릿한 냄새가 기다리고 있었다.
오늘은 이맘때가 정말 마음에 든다.
황혼도 저묾도 어스름도 아닌
발밑까지 캄캄, 그게 오기 직전,
바다 전부가 거대한 삼키는 호흡이 되고
비릿한 냄새가 기다리고 있었다.
유원지로 가는 허연 시멘트 길이
검은 밀물에 창자처럼 여기저기 끊기고 있었다.
기다릴 게 따로 없으니
마음 놓고 무슨 칠을 해도 좋을 하늘과 바다
그리고 살아 있는 이 냄새,
밤새 하나가 가까이서 끼룩댔다.
혼자 있어서 홀가분한 이 외로움,
외로움 아닌 것은 하나씩 마음 밖으로 내보낸다.
속에 봉해뒀던 사람들도 기색이 안 좋지만
하나씩 말없이 나간다.
쓰라리고 아픈 것은 쓰라리고 아픈 것이다!
비릿한 냄새가 기다리고 있었다.
더 비울 게 없으면 시간이 휘는지
방금 읽고 덮은 휴대폰 전광 숫자가 떠오르지 않는다.

선창에서 배 하나가 소리 없이
집어등을 환히 켰다.

안성 석남사의 이끼

2006년 7월 25일 오후
마음의 사방 벽을 온통 눅눅하게 만든
장맛비와 장맛비 사이 반짝 얼굴 내민 햇빛 속에
하얗게 빛나는 화강암 돌계단 올라가
녹음 속에서 혼자 인사하고 들어간 대웅전
부처도 장엄도 건물도 잠들어 있다.
두 손 모아 아는 체해도 모르는 체 잠들어 있다.
밖으로 나온다.
곁채 그늘에서 강아지가 엎드려 졸고
눈앞에는 이름 모를 점박이 나비 하나
소리 없이 날고 있다.
이게 혹시 고요의 한 모습?
이끄는 발길 따라 조심조심 대웅전 뒤로 돌아가 본다.
환하다,
땅바닥에 큰 타원 수놓으며 깔려 있는 저 융단, 저 이끼,
저 색깔!
몸 오싹할 만큼 마음을 쭉 빨아들이는,
그냥 초록도 아니고 빛나는 연초록도 아닌
그 둘을 보태고 뺀 것도 아닌
초록 불길 속에서 막 나온 초록 불길 같은,

슬픔마저 빼앗긴 밝은 슬픔 같은,
이런 색깔이 이 세상 어디엔가 있었구나.
이 만남을 위해 70년 가까운 세월이 훌쩍 지나갔는가?
바로 이게 혹시 저 세상의 바닥은 아닐까?
살아서는 두 발을 올려놓지 말라는.

이런 고요

이상한 마을에 왔다.
며칠 내 낙엽을 쓸어 담다가
하루아침 찬비 맞고 생生 몸이 된 완산 화암사
적묵당 툇마루에 비치는 하늘
가을의 끄트머리답게 너르게 밝고 깊이 캄캄한 하늘
무량전 처마 공포栱包들 일제히 고개 숙이고
하나같이 혀를 아래로 내려뜨렸다.
고요!
생각나면 이는 바람 소리와
바람 소리에 찢기지 않는 새소리.
오래 앉아 있던 산이 상체를 들려다 말고
물들은 멈추기 싫어하는 기척을 낸다.
있는 것과 가는 것이
서로 감싸고도는 고요,
때늦은 수국과 웃자란 풀들이 마음대로 시들고
사람들이 목젖에서 끄집어내어 여미는 소리
문득 빈 말이 된다.
아, 텅 빈 말, 속까지 투명한,
눈 뜨고 귀 세우면 무엇에고 달라붙는 감각,
이 투명함!

이 세상 것들, 우연히 지나가는 사람 얼굴의 표정 하나까지
무한대無限大로 살가워진다.

소리 없이 박주가리가 씨앗 주머니를 연다.
역광 속에서
촉 달린 광섬유 시침時針들이
섬세하고 투명하게
빛 그림자 춤을 추고 있다.

11월의 뒤 켠

어디에고 달라붙어보지 못한 도깨비바늘 몇
바싹 마른 꽃받침 위에 붙어 있다.
후 불어도 떨어지지 않는다.
누군가 저도 모르게 주저앉을까봐
서로 붙들고 선 줄기들,
새파랗다 못해 하늘이 가볍게 쨍 소리를 낸다.
한 발짝 앞은 바로 벼랑,
방금 한 사내가 한참 동안
철 지난 유령처럼 서 있다 간 곳,
옆을 스칠 때 그의 얼굴
절망의 얼굴로 보지 않기로 한다.
11월의 뒤 켠 어디선가 스치는 인간의 표정,
절망조차 허영으로 보일 때가 있다.
삶을 제대로 한번 굴려보기도 전에
눈앞에서 바로 땅이 수직으로 꺼지기도 하는데.

무굴일기無窟日記 1

갈수록 꿈이 쓸쓸해진다. 서로 다른 원색 띠 두른 악몽들이 도처에 출몰해도 조그만 옥호 달고 파전에 술 파는 집들이 숨어 있는 골목들이 끝나고, 도시 변두리, 마지막 공연 끝낸 곡마단이 하늘을 덮었던 천막을 막 거둔 정경. 북소리와 피리소리 사라진 반쯤 뜯긴 무대와 반쯤 어두워진 하늘, 둥근 테이블 위에 잔 몇, 주위에 접이의자 몇이 앉아 있는 장면. 언제 나타났는지 어릿광대 옷에 뿔테 안경 긴 성성猩猩이가 외서外書를 옆구리에 낀 채 아슬아슬하게 쌓아올린 상자 위에 올라앉아 무연히 아래를 내려다보고 있었다.

하루만 석굴 속에서 참선하게 해달라는 내 청을 주지는 받아들이지 않았다. '이곳은 거사 같은 분이 밤을 보낼 곳이 못됩니다. 젊었을 때부터 돌과 함께 숨을 쉬어본 적이 없는 사람은 돌 빛에 큰 병들지요.'

손전등 빛 속 바위들의 감촉은 그래도 견딜 만하다고 속삭였다. 무無가 채 들어와 박히기 전 무생각의 화강암 무늬들! 그러나 주지는 한번 살펴보는 것으로 족하다는 얼굴을 했고, 바위들은 말을 삼가겠다는 표정을 지었다. 굴 밖에는 바글바글한 햇살, 기다렸다는 듯 참으아리가 덩굴손을 내밀었다. 손을 마주 내밀자 몸 한구석이 저려왔다.

무굴일기 2

58년 여름 처음으로 낙산사로 흘러갔을 때, 의상대에 처음 올라가 만난 망망한 바다 한가운데서 막 태어나던 보름달, 수평선에서 의상대 앞까지 일렁이는 물 위로 은빛 섞인 금박金箔 카펫을 확 깔며 솟아오르던 달, 바람도 선선하고 넉넉했다. 달이 떠오르자 하늘과 달과 바다와 바람이 한 몸 되어 넘실대는 어깨춤. 이건 또 뭐냐, 북 치고 피리 불고. 달이 높이 뜨고, 혼자 환하고 적막했다.

얼마 후 돌아온 강당, 여럿이 두 줄로 누워 자는 자리. 몸을 뒤척이지 않고 숨을 깊게 쉬어보아도, 전에 하던 대로 나는 지금 시체다 최면을 걸며 근육 하나하나의 긴장을 풀어보아도, 네가 무슨 시체, 시체 되고 싶어하는 시체가 어디 있냐? 도무지 잠이 들지 않아, 몸을 일으켜 미리 봐두었던 홍련암으로 내려갔다. 문을 열고 들어가 불단 앞의 초에 불을 댕겼다. 관세음보살의 많은 손들이 오르내리고, 손잡이 달린 마룻장을 들자 암자 밑까지 깊이 들어와 숨죽인 바다. 나도 같이 숨을 죽이자 잠시 후 핏줄 한구석에서 저릿저릿 불놀이가 시작되어 온몸으로 천천히 번졌다. 암자 안 이십여 개의 촛불 모두에 불을 댕겼다. 불들이 일제히 춤을 추기 시작하자, 이건 또 뭐냐, 북 치고 피리 불고. 나가라고 촛불들이 속삭였다. 밖에서 보는 암자 전체는 불 밝힌 하나의 커다란 연꽃, 환하고 적막했다! 강당으로 돌아와 먼저 떠난다는 글을 적어 일행의 머리맡에 놓고 대강 방향 잡은 양양을 향해 길을 나섰다.

　그 밤, 모기떼가 얼마나 심하게 달려들던지, 끼고 다닌 책으로 쳐서 잡은 것만 이십여 마리. 홍련암이 환하고 커다란 불타는 연꽃 송이로 공중에 올라 꽃잎들을 활짝 여는 모습을 상상하며 걸었다. 통금이 각박하던 때 군용 트럭 소리만 나도 길 옆 논으로 내려가 숨으며, 달이 지고도 얼마나 그렇게 헤맸던가. 어둠의 한 모서리가 조금씩 꺼지며 검은 올리브색 바다가 일렁이며 나타나고 그 위에 긴 물금이 얹혀지고 물금 한 곳이 자못 요란스러워졌다. 해변엔 해송이 건성건성 서 있는 숲, 무덤들이 들어 있었다. 안으로 들어가자 요란스러웠던 물금 위로, 가슴 쩍 벌어진 바다 위로, 해가 머리를 내밀었다. 아무것도 걸치지 않은 눈부신 원반의 황홀, 해와 바다가 몸과 몸으로 맞비비는 빛부심, 아 이건 또 뭐냐, 북 치고 피리 불고, 환하고 적막했다! 파도가 조금씩 치며 물새들이 날아들고, 끼고 다닌 책 바다 앞에 놓아둔 채 나는 길 쪽으로 밀려났다.

　약속 없이 만난 동해 달돋이의 도취, 도취 속의 환한 외로움. 속을 온통 밝혀 연등이 된 조그맣고 아름다운 암자, 눈부신 쫓겨남. 어둠 속을 마냥 걸어 도달한 바닷가 해돋이의 찬란, 빛부신 밀려남. 그날 일은 그 후 지금까지 몸속에 물결 감추고 흐르는 삶의 진액, 간헐적인 독한 그리움으로 남아 있다. 달과 바다가 만드는 춤과 춤 속에 홀로 남는 청년, 촛불들이 환히 춤추는 암자에서 쫓겨나는 청년, 바닷가 무덤들 사이의 찬란한 일출의 황홀에서 밀려나는 청년의 모습이 내 삶의 여기저기 접어놓은 갈피들에 끼어 있다. 한없이 불안해하고 한없이 황홀해하는 그의 얼굴, 세월이 그처럼 바뀌면서도 변하지 않는 그 얼굴이 떠오를 때마다 나도 모르게 몸이 저려오곤 한다.

무굴일기 3

푸른 광택 칠한 가죽처럼 두껍고 단단한 동백 잎들 사이에서
속은 몰라도 고풍古風스런 겨울을 나고 있다는
환희의 붉은 눈물이 뚝뚝 떨어진다.
눈물임을 어떻게 알았나?
몸이 이처럼 저려오기에 알았지.

곡마단에서 광대 놀음하는 성성이처럼 살았다.
숨을 굴 없는 안경 낀 성성이처럼 살았다.
바람은 여직 쌀쌀맞기 그지없는데
목련들 백자 등불 일제히 켜 들 때도 한참 남았는데
이렇게 굵고 뜨거운 눈물 몸속 어디에 있었나?
해와 달에게 묶인 끈 당겼다 늦췄다 하며
마음 넉넉하게 하늘을 돌라고 속으로 외치기도 하지만,
성성이도 채 벗을 수 없는 이 몸,
참을 수 없는 이 저림 속 어디에 있었나?
뜨거운 눈물은 숨어 있어도 뜨거운 눈물,
삶의 내벽內壁을 한없이 투명하게 한다.
그렇다, 아직은 채 안 보이는
저 끄트머리까지 저릴 것이다!

김명인

천지간 외

1946년 경북 울진 출생. 1973년 《중앙일보》로 등단.
시집 『동두천』 『머나먼 곳 스와니』 『물 건너는 사람』 『푸른 강아지와 놀다』
『바닷가의 장례』 『길의 침묵』 『바다의 아코디언』 『파문』 등.
〈소월시문학상〉 〈현대문학상〉 〈이산문학상〉 〈대산문학상〉 수상.

천지간

저녁이 와서 하는 일이란
천지간에 어둠을 깔아놓는 일
그걸 거두려고 이튿날의 아침 해가 솟아오르기까지
밤은 밤대로 저를 지키려고 사방을 꽉 잠가둔다
여름밤은 너무 짧아 수평선 채 잠그지 못해
두 사내가 빠져나와 한밤의 모래톱에 마주 앉았다
이봐, 할 말이 산더미처럼 쌓였어
부려놓으면 바다가 다 메워질 거야
그럴 테지, 사방 빼곡히 채운 이 어둠 봐
막막해서 도무지 끝 간 데를 몰라
두런거리는 말소리에 겹쳐
밤새도록 철썩거리며 파도가 오고
그래서 망연茫然한 여름밤은 더욱 짧다
어느새 아침 해가 솟아
두 사람을 해안선 이쪽저쪽으로 갈라놓는다
그 경계인 듯 파도가
다시 하루를 구기며 허옇게 부서진다

집과 길

집 밖에 만리萬里를 두고
천리 안쪽에서 그 집을 그리워한다
이 망원望遠은 아침부터 불볕이 끌고 가는
거대한 초록짐승 떼의 이동을 바라보면서
눈 시린 햇살 아래 거울을 펼쳤으나

살은 자꾸만 예전의 숙박으로 돌아서기만 해서
불현 강철 아지랑이로 묶어놓는
집 떠난 사람의 적막 들판 까마득하게 번져나간다
그러니 꽃은 이울었지만 뿌리가 꿈쩍도 않는
줄기에는 잎이 내려설 자리가 없다는 것

뼈를 태워 천리를 접는 통증이여,
마음 서랍에는 시든 화판만이 쟁여져 있어서
날려도 날려도 돌 속으로 주저앉는 화문花紋인 것을,
갓 전지된 생목이 진액 뿜어대는 울타리 위로
꽃 대궁 부러진 장미 한 그루 막 기어오르고 있다

겨드랑이 안쪽으로 파고드는 날개들의 집,
그예 접히는 길도 내 상처가 아니라는 것!

대추나무와 사귀다

어떤 벌레가 어머니의 회로를 갉아먹었는지
깜박깜박 기억이 헛발을 디딜 때가 잦다
어머니는 지금 망각이라는 골목에 접어드신 것이니
번지수를 이어놓아도
엉뚱한 곳에 살다 오신 듯 한생이 뒤죽박죽이다
생사의 길 예 있어도 분간할 수 없으니
문득 얕은 꿈에서 깨어난 오늘 밤.
내 잠도 더는 깊어지지 않겠다
이리저리 뒤척거릴수록 의식만 또렷해져
나밖에 없는 방 안에서 무언가 '툭' 떨어지고
누군가 건넌방의 문을 여닫는다, 환청인가?
그러고 보면 나 어느새 부재와도 사귈 나이,

……그날 아무리 밀어도 밀려나지 않던 윈도우의 안개
셋이 동승한 차 안에서 한 여자의 흐느낌 섞인 노래 들었으니

우리 기억 어딘가에 함께 파묻은 사연이 있어
허방을 딛고 끊임없이 되감기며 다가오는가
창밖 하염없는 안개 저편에
망각의 가닥들 흩뿌려져 있음을 알게 될 때

아직도 내가 내 의식을 붙들고 있는 이 순간
나는 혼자 깨어 불안하게 뒤척이며
뒤척이는 나를 지켜보는 것이리

등

관절이 결려 오금도 못 펴시는 어머닐 업으려다
힘에 부쳐 내려놓고서
생각해보니 나도 그녀 등에 업혔던 어린 날이 없다
두어 살 터울로 동생들 줄줄이 태어났고
포목전으로 싸전으로 가족의 생계 혼자서 꾸려가시느라
등이라면 내겐 할머니 꺼칠했던 숨소리로 되살아날 뿐

어머니는 어린 자식들보다 한 집안을 등짐 지느라
평생 뼈골 빠지셨다, 내가 본 것은
후줄근한 뒷모습뿐이었으니
나, 이제 그 짐 죄다 부려놓으시라고
평생 업혀보지도 못한 어머닐 등짐 지듯 차에 태우고
노인요양소로 간다

저기 양지쪽에 앉아계시는 여느 노인네처럼
우리 어머니도 누군가가
정문을 나서는 초로남정네 누구냐고 물으면
대답처럼 돌아앉아
무너진 잔등이나 쓸쓸히 들먹이실 걸!

동안

세월은 절로 유장한 것이어서
깊은 골짜기에서 흘러내린 남대천 물이
동해에, 동해에 가닿는 긴 내가 아니라

막 슬하를 벗어난 새끼 은어들
얕은 여울에서 저희끼리 모이고 흩어지는 동안
물 속 작은 돌멩이에 낀 이끼 따 먹느라
어수선하게 꼬리치며 맴도는 동안

그걸 보고 밀잠자리 한 쌍
등 검은 지느러미 위에 알 꾸러밀 내려놓을까
수도 없이 제 꼬리로 수면을 털어내는 동안

벼논의 이슬로 핀 물방울들 아침 해에 마르고
팔월 염천이라 올벼들은 이미 이삭을 틔웠다
푸르게 붉게 들판이 익어가는 동안

쉰 해 저쪽의 바다
둥글게 슬쩍 파도 꼬리 한번 감아올리는 동안

누에

당뇨로 시력을 잃었다는 여자가
어머니와 병실을 나눠 쓰고 있었다
시렁인 듯 침상 위에
뽕잎 대신 담요를 뒤집어 쓴 누에가 간간이 뒤척거렸다
이쪽의 말소리 때문일까 저도 무어라 환한 추억을
숨 가쁘게 뱉어낸다
비단길 거쳐 온 버거운 실낱이
여자의 입에서 꾸역꾸역 흘러나와 흩어져갔다
고치를 풀어내는 물레 누가 잣는 것일까
그래, 그럼, 어머니가 맞장구를 칠 때마다 말들이
팽팽해졌다 느슨해졌다 한다
어머니의 연줄을 감는 얼레는 또 누가 들고 섰는지
까마득해 안 보이고 안 보이는 연을 보려고 두 누에가
이따금씩 고개를 들어 허공을 더듬거린다

병실 밖으로
거지반 태엽 풀린 멍게 넌출이 놓친 단풍잎
연줄에 걸렸다 천천히
천천히 떨어져 내리고 있다

죽서루

파도가 할퀴어놓아야 팔경이라면
초록이 키운 왕대 숲 위로
불쑥, 지붕을 디밀고 선 저 누각은
구경이다, 강물로 누대를 깎아 절벽으로 주춧돌 삼은
죽서루는 정말 정정_{亭亭}한 정자일까?

내륙 깊숙한 곳에 터를 잡아
죽서루는 파도가 고아 올리는 공양 따윈 받은 적이 없다
다만 임해의 자간들보다 전망을 촘촘하게 짜서
태백 준령을 추녀 아래의 격랑으로 울퉁불퉁 돋을새김 했을 뿐,
영마루가 한껏 산맥을 어우르고 있다

저녁밥 안치다가 왜 갑자기 죽서루가 떠올랐을까?
쌀을 씻어 가스 불에 얹고
물에 불린 서리태를 그 위에 뿌릴 때 돌올해진 동해 생각들!
촛대바위로 미늘 삼아 바다를 채 낚는 촉석루도 아니고
하필 오십천에 내린 누대 사이로 떠도는
구름 한 채 그 기둥에 어룽대는 은어 떼까
절벽을 타고 누가 죽서루로 기어오른 것일까?
화염 속에 타닥타닥 대숲 타는 소리 요란하다

나희덕

꽃바구니 외

1966년 충남 논산 출생. 1989년 『중앙일보』로 등단.
시집 『뿌리에게』 『그 말이 잎을 물들였다』 『그곳이 멀지 않다』 『어두워진다는 것』 『사라진 손바닥』 등.
〈김수영문학상〉 〈김달진문학상〉 〈현대문학상〉 〈소월시문학상〉 수상.

꽃바구니

자, 받으세요, 꽃바구니를.
이월의 프리지아와 삼월의 수선화와 사월의 라일락과
오월의 장미와 유월의 백합과 칠월의 칼라와 팔월의 해바라기가
한 오아시스에 모여 있는 꽃바구니를.
이 모순에 찬 꽃들의 화음을.
너무도 작은 오아시스에
너무도 많은 꽃들의 허리가 꽂혀 있는
한 바구니의 신음을.
대지를 잃어버린 꽃들은 이제 같은 시간을 살지요.
서로 뿌리가 다른 같은 시간을.
향기롭게, 때로는 악취를 풍기면서
바구니에서 떨어져 내리는 꽃들이 있네요.
물에 젖은 오아시스를 거절하고
고요히 시들어가는 꽃들,
그들은 망각의 달콤함을 알고 있지요.
하지만 꽃바구니에는 생기로운 꽃들이 더 많아요.
하루가 한 생애인 듯 이 꽃들 속에 숨어
나도 잠시 피어나고 싶군요.
수줍게 꽃잎을 열듯 다시 웃어 보고도 싶군요.
자, 받으세요, 꽃바구니를.

이월의 프리지아와 삼월의 수선화와 사월의 라일락과
오월의 장미와 유월의 백합과 칠월의 칼라와 팔월의 해바라기가
한 오아시스에 모여 있는 꽃바구니를.
이 불가능한 동거의 침묵을.

돼지머리들처럼

하루에도 몇 번씩 거울을 보며
엄지와 집게손가락으로 입 끝을 집어올린다
자, 웃어야지, 살이 굳어버리기 전에.

새벽 자갈치시장, 돼지머리들을
찜통에서 꺼내 진열대 위에 앉힌 주인은
부지런히 손을 놀려 웃는 표정을 만들고 있었다.
그래, 이렇게 웃어야지, 김이 가시기 전에.

몸에서 잘려진 줄도 모르고
목구멍으로 피가 하염없이 흘러간 줄도 모르고
아침 햇살에 활짝 웃던 돼지머리들.

그렇게 탐스럽게 웃지 않았더라면
사람들은 적당히 벌어진 입과 콧구멍 속에
만 원짜리 지폐를 쑤셔넣지 않았으리라.

하루에도 몇 번씩 진열대 위에 얹혀 있다는 생각,
자, 웃어, 웃어봐, 웃는 척이라도 해봐,
시들어가는 입술을 손가락으로 잡아당긴다.

아- 에- 이- 오- 우-
그러나 얼굴을 괄약근처럼 쥐었다 폈다
숨죽여 불러보아도 흘러내린 피가 돌아오지 않는다.

출근길 백미러 속에서 발견한
누군가의 머리 하나.

마른 연못

물이 빠진 거대한 연못,
오래전 눈에 박힌 풍경이 나가지 않네

장화 신은 발들이
몸속을 저벅저벅 걸어다니네
울컥 고이는 발자국들,
검고 끈적한 진흙이 삼켜버리네

호미를 든 손들이
몸속에 깊이 박힌 연뿌리를 캐네
숭숭 뿌리 뽑힌 자리마다
진흙이 뱀처럼 흘러들어 스르르 문을 닫네

장갑을 낀 손들이
몸속에 흩어진 잔해를 끌어모으네
이토록 태울 게 많았던가
번제를 올리듯 어떤 손이 불을 붙이네

타오르면서 타오르지 않는 불의 중심,
명치 끝이 점점 뜨거워지네

눈이 너무 매워 움직일 수가 없네

뇌수 사이에서 썩어가던 기억의 잎과 줄기가
몇 줌의 재가 되어가는 동안
장화 신은 발들이 불을 둘러싸고 서 있네

그들이 주고받은 얘기가 들렸다 안 들렸다 하고
누구일까, 내 몸을 제물 삼아
마른 연못 속에서 불을 피우는 그들은

園丁의 말

園丁은 겨울을 나는 벌들을 위해
풍로에 설탕물을 끓여서 벌집 속에 부어주었다

벌집 속에서만 잉잉대는 벌떼처럼
눈을 틔우지 못한 채 떨고 있던 매화나무들,
언 땅을 파서 묘목을 캐주던 園丁은 벙어리였다

그해 봄날, 매화나무는
불 꺼진 베란다 구석 커다란 화분에 갇혀 꽃을 피웠다
드문드문, 살아 있다는 증표로는 충분하게

뿌리를 적신 물이 하수구로 흘러들었고
매화나무는 下血을 하는지
시든 꽃잎들이 하르르 하르르 물에 떠다녔다

소리 없는 말처럼 붉은 진이 가지에 맺히고
꽃 진 자리마다 잎이 돋기 시작했다
역류한 하수구의 물이 그녀를 키우기라도 하는 것일까
두려웠다, 집을 삼킬 듯 자라는 잎들이
열매 맺을 수 없는 나무의 피로 무성해지는 잎들이

뒤늦게야 벙어리 園丁을 떠올렸다
묘목을 실어주며 간절하게 가슴을 쓸어내리던 그의 손말을
아, 알아듣지 못했다
화분 속에 겨울 들판을 들이려고 한 나는

저 물방울들은

그가 사라지자
사방에서 물소리가 들려오기 시작했다

수도꼭지를 아무리 힘껏 잠가도
물때 낀 낡은 싱크대 위로
똑, 똑, 똑, 똑, 똑……
쉴 새 없이 떨어져내리는 물방울들

삶의 누수를 알리는 신호음에
마른 나무뿌리를 대듯 귀를 기울인다

문 두드리는 소리 같기도 하고
발자국 소리 같기도 하고
때로 새가 지저귀는 소리 같기도 한

아, 저물방울들은
나랑 살아주러 온 모양이다

물방울 속에서 한 아이가 울고
물방울 속에서 수국이 피고

물방울 속에서 빨간 금붕어가 죽고
물방울 속에서 그릇이 깨지고
물방울 속에서 싸락눈이 내리고
물방울 속에서 사과가 익고
물방울 속에서 노랫소리가 들리고

멀리서 물관을 타고 올라와
빈 방의 침묵을 적시는 물방울들은
글썽이는 눈망울로 요람 속의 나를 흔들어준다
내 심장도 물방울을 닮아
역류하는 슬픔도 잊은 채 잠이 들곤 한다

똑, 똑, 똑, 똑, 똑, 똑……
빈혈의 시간 속으로 흘러드는 낯선 핏방울들

벽과 바닥

빛을 머금은 창이
바닥에 직사각의 빛을 드리운다

창을 빨아들이기 위해
바닥의 남은 몸은 온통 그늘이다

직사각의 빛 속에
누군가 삼각팬티를 널어놓는다

꽃병에 꽂힌 꽃처럼
삼각팬티는 피어나기가 무섭게 말라간다

명암에 따라 색이 변하는 꽃,
삼각팬티는 천천히 빛에서 그늘로 간다
그늘 속에서도 말라간다

결국 방은 어두워지고
그림자놀이를 하던 벽과 바닥은
등을 맞대고 있다, 아무 일도 없던 것처럼
꽃병은 사라지고 꽃만 남았다

굴광성의 기억

너에 관한 기억은
오른쪽으로만 감기는 필름이다
너는 나를 왼쪽 방향으로만 기억할 것이다

너에 관한 기억은
빛을 향해 뻗어가는 덩굴이다
너는 나를 어둠 속에서만 기억할 것이다

너의 기억과 나의 기억은
만날 수 없다, 그 엇갈림 때문에
기억은 자꾸 무거워진다
무거움 때문에 한쪽으로만 기운다

덩굴이 나무를 타고 오르듯
굴광성의 기억은 멀리, 더 멀리 뻗어간다
그 줄기 끝을 돌려놓을 수가 없다

기억은 점점 희박해지고
희박해지는 만큼 더 질겨진다
기억은 나를 아주 먼 곳으로 데려간다

나에게는 없는 너에게로

심사평

수상소감

개성이 빛나는 시의 스펙트럼

이혜원 · 김소연

올해의 현대문학상 시 부문 예심은 2006년 12월부터 2007년 11월까지 각 문예지에 발표된 신작시를 대상으로 실시되었다. 출판사에서 보내온 목록을 참조하여 일 년간 발표된 작품 중에서 두 명의 심사위원이 각각 15명 내외의 시인을 추려 서면으로 제출하고 예심 장소에서 논의를 통해 최종 후보를 선별하기로 했다. 문학상의 시 부문 예심은 일 년간 축적된 우리 시의 결실을 일일이 확인하는, 힘겹지만 보람 있는 작업이다. 이미 보았던 작품들도 있지만 스쳐지나갔던 작품들도 다시 만나면서 새롭게 맛볼 수 있는 기회이다.

문학의 전반적인 침체에도 불구하고 시단 내에서의 활동이 이토록 성황을 이루는 것은 흥미로운 현상이다. 우리 시는 날로 두텁고 넓게 확산되고 있다. 시 부문의 지면이 비교적 풍부한 것도 양적 증대의 이유일 수 있다. 일 년간 발표 편수가 삼사십 편에 이르는 시인들도 드물지 않다. 많이 발표하지 않더라도 수십 년간 꾸준히 발표하는 시인 층도 두터워져 점점 전문화되어가는 경향이다. 무엇보다 다양한 시 경향들이 공존하고 있는 양상이 우리 시의 활성화를 입증한다. 친숙한 서정시로부터 낯설고 실험적인 시들까지 각양의 시들이 넓은 스펙트럼을 형성하고 있다. 시의 양적인 확산이 질적인 비약으로 연결되고 나아가 시단 밖의 문화적 관심을 촉발하는 계기가 되었으면 하는 바람이다. 문학상 제도가 갖는 나름의 의의도 이와 다르지 않을 것이다. 그것은 우리 문학의 수준을 대표할 만한 작품을 선별하여 보다 널리 알리고 함께 즐기고 나누는 계기로 작용할 수 있다.

예심 과정에서 두 명의 위원은 각각 15명 이상의 시인들을 추려 10월 26일 현대문학사에 모였다. 예심위원 두 사람이 공동으로 추천한 시인들은 많지 않았다. 선호하는 시의 경향이 겹치지 않는 것은 다양한 작품의 선별을 위해 다행이다. 우리는 추천한 시인들의 작품들을 다시 한 번 꼼꼼하게 읽으면서 대상 시인을 좁혀나갔다. 등단한 지 10년 이상 된 시인들을 우선으로 추천하되 신인 중에서도 작품성이 뛰어나 필히 추천하고 싶은 경우는 예외로 하였다. 추천했던 시인 중에서 예년에 비해 상대적으로 성과가 저조하다고 판단되는 경우는 제외하기로 했다. 자신이 선정했던 시인들을 스스로 재평가하고 문제가 되는 경우는 함께 논의했다. 예심 과정에서 15명 정도를 추천하기로 되어 있었으나 등단 10년 안쪽의 시인들이 네 명이나 포함되어 있어 총 19명을 본심에 올리기로 하였다.

등단한 지 10년 미만인 시인들로는 김행숙, 신용목, 김경주, 강성은이 포함되었다. 김행숙의 시가 놀랍도록 새롭고 흥미롭다는 점에는 이론이 없었다. 그녀의 시는 유쾌한 상상과 감각의 매혹으로 충만하다.

신용목은 젊은 시인으로서는 드물게 감각의 참신성과 삶에 대한 깊이 있는 성찰을 조화시키는 시인이다. 김경주는 어떤 소재든지 능란하게 다루며 현란한 언어미학을 구사한다. 김경주 시의 진정한 개성은 아직 가늠하기 어렵다. 강성은의 추천은 파격적일 수 있으나 독특하고 분명한 자기세계를 형성하고 있다는 점에서 주목했다. 그녀의 시는 환상을 구상화하는 능력이 뛰어나다.

심보선과 김수우의 시는 '발견'의 기쁨을 선사했다. 심보선은 1994년 등단했으나 그동안 많이 발표했던 시인은 아니다. 삶의 본질에 육박하는 투시적 상상과 선명하고 활달한 언어가 인상적이다. 김수우 시는 전형적인 서정시의 소재들을 생동감 있는 언어와 구성진 어법으로 다룬다. 활력과 개성이 넘치는 이 두 시인을 만난 것은 적지 않은 소득이다.

강정은 분출하는 젊음의 언어로 이미지가 범람하는 세계를 노래한다. 그의 시는 의미를 이루기 전에 넘쳐흐르는 언어의 향연이다. 정끝별은 다채로운 언어를 재치 있게 다룬다. 이정록의 구수한 말솜씨는 올해 더욱 왕성하다. 이들을 달변의 시인들이라고 부르고 싶다.

일상에서 길어올린 시들은 힘이 있다. 김중식은 일상의 한순간, 한 장면에서도 근본적인 비판과 성찰을 끌어낸다. 이진명은 자잘한 일상의 순간을 문득, 새롭게 바라보며 자동화된 의식을 각성한다. 박형준의 섬세한 시선은 일상의 어떤 순간도 독특한 색채와 분위기로 채색한다.

감각의 시인들이 있다. 장옥관은 자연에 새겨진 몸의 감각을 예리한 언어의 감각으로 전환한다. 송찬호 시의 특이하고 감각적인 이미지들은 삶의 비의에 대한 깊숙한 시선을 담고 있다. 황학주는 시간을 감각화하는 방식이 탁월하다. 이장욱의 시는 느낌만으로도 매혹적이다. 덧없고 쓸쓸한 삶을 담아내는 감각은 부정할 길 없이 정묘하다.

시인은 생명과 우주를 대면하는 자이다. 연민과 사랑으로 생명 있는 것들과의 소통을 꿈꾸는 시들이 있다. 고진하의 시는 활달한 언어와 상상력으로 생명과의 만남을 노래한다. 이문재는 관계와 소통의 의미를 사려 깊게 탐구한다. 이성복은 덤덤하게, 실은 매우 애틋하게 생명의 기미들을 성찰한다.

개성의 다양성과 시인 층의 두께에 있어 우리 시의 미래는 결코 어둡지 않다. 전통과 새로움이, 가벼움과 무거움이, 감각과 사상이, 상상과 현실이 각축하며 확산되는 우리 시의 광활한 터전을 그려본다. ▪

정연한 심정적 리얼리티

유종호

「極地에서」「절개지에서」「기파랑을 기리는 노래―나무인간 강판권」 등 이성복 시편을 과년도의 출중한 시적 성취의 하나로 판단했다. 가령 「極地에서」의 경우 내 몸조차 마음대로 처리하지 못하는 악몽의 한순간을 상기시키는 심리적 리얼리티랄까, 감정의 진정성이 범상치 않은 이미지와 언어 구사를 통해 드러나 있다. 실감 있되 호들갑스럽지 않은 심적 정황의 극화가 만만치 않은 예기鋭氣를 뿜고 있다. 상황 조성에 일조하면서 조바심을 자아내는 리듬감도 일품이요 시인 특유의 기량이다.

아까 지나쳤던 흰, 흰 북극곰 새끼가
또다시 저만치 웅크리고 있는 것을 볼 때가 있다.

내 몸은, 발걸음은 점점 더 눈에 묻혀가고
무언가 안 되고 있다.

무언가, 무언가 안 되고 있다.

「절개지에서」는 깎아지른 절벽 위 검은 염소들에게서 촉발되는 가파르고 안쓰러운 위기감을 보여준다. 위기는 염소들의 것이지만 화자는 거기에 의탁해서 자신의 초조한 위기감을 토로한다. 여기서도 심정의 직설적 토로가 아니라 정황의 극화를 통한 드러냄이 호소력을 발휘한다. 여타 정황 시편에서도 사정은 같다. 자기를 내세우지 않고 남에게 폐 끼치지 않고 자기 직분에 충실한 요즘 세상에 희귀한 인물을 그린 「기파랑을 기리는 노래—나무인간 강판권」도 은근하고 따뜻하고 산뜻하다. 어차피 한국 시는 토막 낸 산문과 큰 차이가 없게 마련이지만 100% 산문 지향에 대한 저항은 귀한 것이다. 이번 시편들을 계기로 『남해금산』때 어쩔 수 없었던 유보감을 철회하게 되었다.

아까운 시인과 시편들이 많았지만 「동사무소에 가자」「소규모 인생 계획」 등 이장욱 시편들이 특히 아깝게 생각된다. 우리의 일상생활을 이루는 여러 현상들은 보통사람들의 공리적, 실용적, 타성적, 사무적인 관점에 의해서 일목요연하게 분류되고 질서 지워진다. 그러나 통상적인 공리적 실용적인 관점에서 해방되어 주위를 돌아보면 그것은 무질서한 혼돈과 맥락 없는 무의미의 뒤얽힘으로 보인다. 이장욱 시편은 그러한 해방의 관점에서 채집한 우리의 따분하나 다채로운 일상을 보여준다. "험상궂은 표정으로도 슬픔을 표현할 수 있"고 "위대한 자들을 혐오하느라 외롭지도 않"은 시인의 시편이 혼돈의 구조와 질서를 보다 집약적으로 보여주기를 희망한다. 잔치란 내년이면 어떻고 내후년이면 어떤가. 좋은 시는 벌써 그 자체가 잔치인 것을. ■

벽에 부딪친 마음의 시

정현종

살다가 보면 마음의 상태가 직정적인 토로를 하지 않을 수 없는 절박한 상태에 있게 되는 때가 있을 것이다. 그 상태는 욕망과 함께 움직이는 소용돌이일 수도 있고, 그 소용돌이는 좋든 궂든 활동적인 상태라고 할 수 있다. 반면에 마음이 무슨 암초에 부딪치거나 정체 상태를 겪으며 느끼는 절박함도 있을 수 있는데 이성복의 「極地에서」「절개지에서」「협수로에서」 같은 작품들이 그런 상태의 소산이 아닐까 한다.

얼어붙은 극지, 절룩거리며 가는 북극곰 새끼는 모두 "나"와 내 마음의 상태를 나타내고 "무언가 안 되고 있"는 상태를 나타내는 것인데, 시가 태어나는 단계들을 구태여 나누어보자면 벽 앞에서 벽이 그냥 제시되는 단계, 벽에 창을 내는 단계 그리고 창밖으로 보이는 것들을 노래하는 단계 등이라고 말해볼 수 있겠다. 어떻든 이성복은 "소리라도 질러서, 목쉰 소리라도 질러/나를, 나만이라도 깨우고 싶을 때가 있다"
(「極地에서」)고 한다든지 검은 염소들이 "마른풀을 뜯는 시늉만 하고
있"는 깎아지른 절벽에 "나는 자꾸 성마른 가슴을 거기다/비벼대고" 있
었다고 함으로써 마음의 절박한 상태를 돋을새김 하고 있다. 한편 「기
파랑을 기리는 노래—나무인간 강판권」에서는 "자신이 있다는 것을 내
색하지 않"고 "누구에게도 짐이 되지 않"는 나무인간 강판권을 기리고
있는데, 지나치다 싶을 정도로 공격적이고 호전적인 오늘날 그러한 식
물적 미덕은 시와 시인의 존재 이유가 될는지도 모른다. 나무의 온갖
적극적인 미덕들을 상기하면서…….

　아울러 이장욱의 시편들이 갖고 있는 열린 상상력과 탄력적인 사고
그리고 그것의 소산인 예측할 수 없는 언어의 행진이 선물하는 신선함
에 박수를 보낸다는 말을 덧붙이고 싶다. ▪

문학, 불가능에 대한 불가능한 사랑

이성복

먼저 분에 넘는 상을 주신 현대문학사와 뽑아주신 심사위원 선생님들께 감사드립니다. 수상 소식을 접하고 한동안 들었던 생각은 쑥스러움과 고마움이었습니다. 스스로 낄 자리가 아닌데 덥석 상을 받는 것도 멋쩍을 뿐더러 무슨 훈장처럼 상을 자꾸 챙기는 것도 눈치가 보였기 때문입니다. 그러나 아직 근근이 살아계신 노모와 가족들에게 깜짝 기쁨을 안길 수 있어 기뻤고 제대로 글 쓰고 살라는 경책을 따뜻한 타이름으로 돌려주셔서 고마웠습니다. 조심스럽게 말씀드리면 근래 저는 그리 문학적으로 살고 있지 않습니다. 문학은 저에게 전부를 요구하지만 안타깝게도, 저에게 문학은 전부가 아니라는 사실을 숨길 수가 없습니다. 감각적 신체적 즐거움에는 거품이 빠지지 않는데도 문학에 대한 열정은 끈끈이에 붙은 날개처럼 무력하기만 하고, 벗어나려는 몸짓이 오히려 더 깊이 빠지게 할 따름입니다. 하지만 문학은 '문학에 대한 사랑'일 뿐이고, '문학 아닌 것과의 싸움'일 것이라는 생각도 해봅니다.

그 싸움은 우리가 이 몸, 이 마음을 가지고 있는 한 이길 공산이 전혀 없는 싸움입니다. 그러나 파멸로 끝나는 고전비극이 역으로 인간의 위대함을 송두리째 보여주듯이, 비문학과의 싸움은 문학에 대한 사랑을 '문학' 그 자체에 근접하게 할 수 있을 것입니다. 그런 점에서 문학에 대한 사랑은 불가능한 사랑이면서 동시에 불가능에 대한 사랑이기도 합니다. 하지만 어디 문학에 대한 사랑만이 불가능한 사랑이며, 또한 단지 사랑만이 불가능일까요. 모든 존재, 모든 사태는 불가능이며 그것들을 드러내는 언어 곁에는 필히 불가능이 따라붙습니다. 어쩌면 언어는 불가능을 숨기기 위해서만 존재와 사태를 보여주는지도 모르겠습니다. 언어가 보여주는 것만을 따라가며 불가능을 놓치는 우리는 언어의 외피 속에서 불가능의 위험으로부터 몸을 숨기는 것입니다. 그러나 종이에 뚫린 동그란 구멍처럼 우리의 존재 한가운데 뚫린 작은 불가능의 흔적은 애초에 시간과 공간을 포괄하는 우주로 뚫린 것입니다.

도대체 불가능에 관한 모든 논의는 헛소리에 지나지 않는다는 것을 저도 잘 알고 있습니다. 하지만 저는 불가능이 두렵습니다. 그 두려움은 잠들기 직전, 그러니까 모든 세상 것들과 떨어져 혼자가 될 때 가장 절실해 진저리치며 일어나기도 합니다. 그런 까닭에 불가능은 실재보다도 더 실제적입니다. 헛소리에 불과한 불가능이 쭈그러져가는 제 몸뚱이보다 더 생생하게 살아 있습니다. 그리하여 혼자 문학이라는 암실에서 불가능과 마주하는 일은 고요한 시체안치소에서 모포를 들추고 가까운 사람의 얼굴을 확인하는 것 이상으로 끔찍한 것입니다. 할 수만 있다면 저는 되도록 안 하겠습니다. 그러나 한편으로는 한번 불가능의 얼굴을 본 사람은 스스로 불가능이 되기까지 잊을 수가 없다고 합니다. 다른 한편 그것은 제 똥을 주무르는 치매환자의 미소처럼 그 무엇에도 견줄 수 없는, 견딜 수 없는 향락을 가져다준다는 것도 시인하지 않을 수 없습니다. 불가능은 윤율리아의 '율신액' 보다 더 달콤합니다.

인류 최고의 고안은 '부재'의 발명이라고들 이야기합니다. 어쩌면 그 고안은 최대 불운이며 저주이기도 합니다. 불행하게도 우리가 알아 버린 그 불가능의 입구는 생-사-성-식의 불길한 화환과 불후의 먹이사 슬로 둘러싸여 있고, 그 속에 한번 떨어지면 다시는 못 나오는 심연으 로 이어져 있습니다. 오직 인간과 가까이 한 죄로 자손대대로 천형 받 은 짐승들처럼, 우리 또한 불가능이 애지중지 기르는 가축들인지 누가 알겠습니까. 비록 천형을 피하지 못하더라도 천형 받은 줄은 알아야 하 지 않겠습니까. 문학이 소중한 것은 검은 보자기 속 어둠으로 들어가 스위치를 누르는 옛날 사진사처럼 한순간, 한순간 불가능을 기록하기 때문일 것입니다. '공자가 죽어야 나라가 산다' 는 말이 있듯이 내가 어 두워야 불가능이 나타나고, 내가 죽어야 문학이 삽니다. 비록 제가 지 금 문학적으로 살지 못해도 저는 문학을 믿습니다. 제가 비록 불가능을 잊는다 하더라도, 불가능이 저를 기억할 것입니다. 감사합니다. ▪

2008 現代文學賞 수상시집

기파랑을 기리는 노래—나무인간 강판권

지은이 ㅣ 이성복 외
펴낸이 ㅣ 양숙진

초판 1쇄 펴낸날 ㅣ 2007년 11월 30일

펴낸곳 ㅣ ㈜현대문학
등록번호 ㅣ 제1-452호
주소 ㅣ 137-905 서울시 서초구 잠원동 41-10
전화 516-3770
팩스 516-5433
홈페이지 ㅣ www.hdmh.co.kr

ⓒ 2007 ㈜현대문학

값 8,500원

ISBN 978-89-7275-403-9 03810